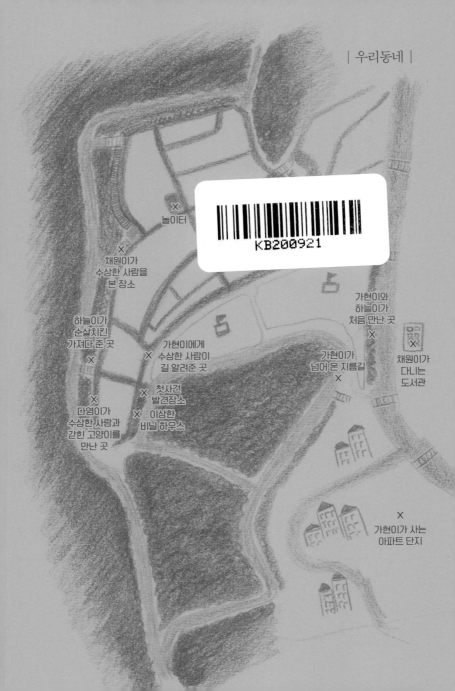

우리 동네 탐정단

우리 동네 탐정단

고양이 납치 사건

글·그림 쿠키문용

MONGSIL MAGO

정채원

공부 잘하는 언니와 병약한 남동생 사이에 낀 둘째. 빨리 어른이 되어 자신만의 세계로 독립하고 싶어서 공부를 열심히 한다. 독서를 좋아하고 특히 추리소설을 즐겨 읽는다.

이다영

언니, 오빠와 나이 차이 많은 늦둥이 막내딸. 나냥동에서 마당이 제일 넓은 집에서 살고 자기 덩치만한 시베리안 허스키 애기를 매일 산책시킨다.

홍가현

뚜렷한 이목구비와 큰 키 때문에 눈에 띄는 것이 스트레스인 외동딸.
평생을 아파트에서만 살아서 새로 이사 온 동네의 주택가가 신기하고 재미있다.

김하늘

하늘이, 하니, 하세, 하나. 두살 터울의 사남매 중 큰 딸. 회사에 다니는 부모님 대신 동생들을 돌보느라 늘 바쁘다. 움직이기 편한 옷을 즐겨 입는다.

수상한 사람

채원이가 산책하다 마주친 고양이들 납치하는 사람. 가현이가 길을 잃었을 때 알려준 사람. 하늘이가 고양이에게 준 간식을 버린 무심한 사람. 다영이가 개와 산책할 때 만나서 잔소리 한 사람. 네 친구의 기억 속에 각각 다른 인상이 강렬한 사람. 인상은 달랐지만 어딘지 수상하다는 공통점이 친구들을 하나로 뭉치게 한다. 대체 이 수상한 사람의 정체는 무엇일까.

동네 고양이들

몸 전체가 검은 고양이, 일부만 검은 고양이, 회색에 검은 줄무늬, 노란색 무늬, 얼룩덜룩한 무늬 등 다양한 외모를 가진 나냥동 길고양이들. 털색은 다르지만 오른쪽 귀가 잘려 있다는 공통점이 있다.

차례

|

동네 고양이 추천사

나냥동 대장냥
못치의 추천사

므와아앙

나냥동 유기묘 어르신
까꿍이의 추천사

아앙

나냥동 식탐 대마왕
하트의 추천사

우냥 뚜냥

나낭동 쌍둥이 고양이
까미와 셔츠의 추천사

크릉크릉 크르르릉
가로롱 고로롱 고롱

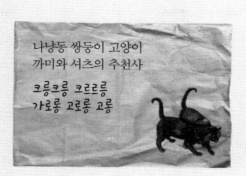

나낭동 출산의 여왕
오스오스의 추천사

…… ……

나낭동 최고 미냥
삼순이의 추천사

하악

1
채원이의 산책

나는 크리스마스가 싫다. 교회나 성당에 다니는 애들은 합창단이니 연극이니 하는 준비로 분주하고 교회나 성당에 나가지 않는 아이들도 크리스마스 선물로 뭘 받을지 계획하느라 바쁘다.

착하게 굴면 크리스마스이브에 산타클로스가 선물을 가져다준다는 노래까지 있지만 산타클로스가 없다는 것쯤은 어린이집 다니는 꼬맹이들도 다 안다. 어른들 마음에 드는 말과 행동과 사줄만한 가격과 내용물을 교환하는 것이다.

어차피 '세계평화'나 '우주정복', '연예인이 되고 싶어요' 같은 소원은 바란다고 이룰 수 있는 소원이 아니다. 부모님이 감당할 수 있는 수준의 선물을 골라서 산타할 아버지에게 알려주는 편지나 카드를 써서 머리맡에 놓아 두는 게 제일 똑똑한 행동이다.

우리 부모님은 교회에 다니신다. 나랑 언니는 같이 가지 않고 막내 동생만 따라간다. 언니 말로는 부모님이 교회에 다니는 건 신앙심 때문이 아니라 사업 때문에 인맥을 쌓기 위해서라고 말한다.

"조그마한 가구대리점이 사업이라고 할 수는 없지만."

그런 말을 했던 언니도 지난달부터 교회에 다니기 시작했다. 청년부에 잘생긴 오빠가 있다나 뭐라나.

동생과 셋이 교회에 다니던 엄마, 아빠는 언니까지 같이 다니자 좋아하셨다. 하나 뿐인 아들과 공부 잘하는 딸을 자랑하는 게 엄마의 즐거움이었는데 교회에 가서도 자랑할 수 있어서 좋으신 거다.

언니는 게임을 엄청 좋아한다. 학교랑 학원에 가는 시간 빼고는 게임만 한다. 그런데도 성적이 좋은 편이다. 언니 말로는 공부를 잘하는 게 아니라 "머리가 좋아서 좋은 성적을 받는 법을 아는 것"이라고 한다. 집에 있을 때는 게임하느라고 바빠서 공부하는 걸 본 적이 없는데 어떻게 좋은 성적을 만드는지 모르겠다.

예전에 엄마가 게임을 안 하면 성적이 더 좋아질 거라며 게임을 못하게 한 적이 있다. 언니는 게임을 못하게 하면 시험을 망치겠다고 반항했다. 그리고 정말로 다음 시험에서 거의 빵점을 맞다시피 했다. 시험을 망친 주제에 언니는 당당하게 큰소리를 쳤다.

"난 게임이 잘 풀려야 공부도 잘된단 말이야. 게임 다시 하게 해주면 다음 시험에서 성적을 올릴게. 만약에 성적 못 올리면 게임 안 할게."

성적표를 보고 놀란 엄마는 성적을 다시 올리는 조건으로 게임을 허락했다. 다시 게임을 시작한 언니는 다음 시험에 몇 문제만 틀리고 만점에 가까운 성적을 받아왔다. 상황이 그렇다 보니 엄마가 게임을 허락하지 않을 수가 없었다. 이상한 성격이지만 머리가 좋은 건 맞는 것 같다. 시험까지 망쳐가면서 게임을 하려는 언니가 이상해서 물어봤었다.

"언니, 게임이 그렇게 재미있어? 난 별로 재미없던데."

"나한테는 게임도 공부야. 게임도 잘 하려면 공부해야 하고 게임 세계 안에서 책임지고 해야 할 일도 많고 지켜야 할 약속도 많아. 그냥 재미로 놀기만 하는 게 아니거든."

내년에 중학생이 되는 언니는 초등학교 마지막 겨울방학인 요즘도 게임을 열심히 하고 있다.

동생은 내가 유치원에 다닐 때 태어났다. 이름보다 '하나 뿐인 아들'이라고 더 많이 불리는 동생은 어릴 때부터 몸이 약했다. 동생이 태어날 때 온 가족이 병원에 갔었다. 엄마가 못생긴 아기를 안고 엄청나게 울었다. 엄마가 우니까 나도 모르게 엄마를 따라서 막 울어버렸다. 할머니가 내가 운다고 화를 내셨다.

"부정 타서 재수 없게 어디 계집애가 소릴 내서 울어?"

할머니 말씀에 엄마랑 난 동시에 눈물을 뚝 그쳤다.

옆에 있던 언니가 내 손을 잡고 병원 편의점에 가서 아이스크림을 사주었다. 언니는 엄마가 기뻐서 우는 거니까 걱정 말라고 말했다. 언니 말도 맞았지만 할머니 말도 맞았다. 동생이 태어난 후 재수 없는 일이 많이 생겼다.

동생이 아니라 나에게 말이다.

동생이 태어난 후 나는 엄마 없는 아이가 된 것 같았다. 동생은 어릴 때부터 몸이 약했고 병원에 자주 다녔다. 엄마는 동생이 몸도 약하고 자주 아파서 떼어 놓을 수 없다며 어딜 가도 꼭 데리고 다니셨다. 내가 보기에는 그렇게 아파보이지 않는데 엄마는 늘 안됐고 불쌍하다는 말을 입에 달고 다니신다.

동생은 엄마의 걱정을 자주 이용한다. 조금만 자기 맘대로 안 되면 아프다고 말하며 운다. 그러면 엄마는 어쩔줄 몰라 하시며 동생이 원하는 것을 해준다. 진짜로 아플 때도 있지만 대부분은 꾀병인 게 눈에 보이는데도 엄마는 모르시는 것 같다. 하는 행동을 보면 동생도 머리가좋은 것 같다.

언니랑 동생이 머리가 좋은 데 비하면 나는 머리가 나쁜 편이다. 일등이나 만점 같은 건 해 본 적이 없다. 저학년일 때야 누구나 올백 맞으니까 그건 치지 않고 말이다.

그렇다고 꼴등도 해 본 적이 없다. 어떤 과목은 쉽고 재미있고 어떤 과목은 좀 지루하지만 시험 성적은 잘 나오도록 열심히 외운다.

"너는 왜 언니처럼 공부를 잘하지 못하니?"

"동생은 귀여운데 넌 왜 그러니? 누굴 닮아서 그래?"

가끔 친척 어른들에게 그런 말을 들으면 너무 속상하다. 나는 누구를 닮은 걸까? 혹시 나는 주워온 아이가 아닐까? 엄마 아빠가 언니랑 동생은 예뻐하고 나는 안 예뻐하는 게 그것 때문일까?

그런 생각을 하게 만드는 소리를 듣는 게 싫어서 공부 못한다는 소리 안 들을 정도는 하려고 노력하는 중이다.

엄마 아빠는 가구점 일을 같이 하신다. 일찍 일하러 가서 늦게 들어오신다. 늦게 들어오시기 때문에 저녁에는 배달 음식을 시켜주실 때가 많다. 요즘은 여러 모임의 송년회 때문에 더 늦게 들어오신다. 덕분에 거의 매일 배달 음식을 먹는다.

그저께는 치킨, 어제는 탕수육을 저녁밥으로 먹었다. 오늘도 좀 전에 피자를 먹었다. 언니는 게임한다고 헤드폰을 끼고 책상 앞에 앉아서 먹었고 나는 마루에서 TV 보면서 세 조각이나 먹었다. 동생은 당연히 데리고 나가셨다.

동생이 태어나기 전에는 언니랑 친하게 지냈다. 엄마 아빠가 늦게 오시면 언니가 밥도 챙겨주고 같이 놀기도 했다. 하지만 게임을 시작한 다음부터는 놀아주지 않는다. 언니도 있고 동생도 있지만 우리는 각자 노는 아이가 되었다. 언니는 게임이랑 동생은 엄마랑 나는 혼자. 혼자 놀다보니 심심해서 책을 읽기 시작했다. 읽다 보니 재미있어서 재미있는 책을 찾아서 계속 읽고 있다.

따뜻한 집에서 배부른 채로 책을 읽고 있으려니 자꾸 잠이 와서 집 밖으로 나왔다. 낮잠을 자면 밤에 잠을 못 잔다. 방학이라 학교에 가지 않아도 되니까 늦게 자도 되지만 자면 안 된다.

밤에 혼자 깨어 있다가 귀신 비슷한 걸 본 적이 있다. 작년 여름에 일찍 잠들었다가 한밤중에 깼는데 이상하게 추웠다. 이불을 덮으려고 했는데 이불을 잡아당겨도 당겨지지 않았다. 이상해서 다리 쪽을 보니 시커먼 뭔가가 이불을 밟고 있었다.

깜짝 놀라 소리를 지르며 벌떡 일어났는데 일어나서 보니 아무것도 없었다. 너무 무서운 경험이어서 밤에 깨어있는 일이 안 생기도록 낮잠은 자지 않으려고 조심하고 있다.

　소화도 시키고 잠도 깰 겸 밖으로 나왔다. 날씨가 생각보다 춥지 않았다. 장갑을 점퍼 주머니에 넣고 걷기 시작했다.

　우리 동네는 산이 감싸고 있어서 나무가 참 많다. 우리집에서 몇 골목을 지나 위쪽으로 올라가면 등산로 입구가 있다. 산 속에 있는 동네라서 여름에 시원한 건 좋은데 봄도 늦게 오고 겨울이 빨리 온다. 아빠가 나무가 많아 공기가 좋아서 그렇다고 하셨다.

　차갑고 나무 냄새가 나는 공기가 숨을 들이쉴 때마다 콧속으로 파고든다. 차가운 공기 때문에 콧구멍이 서로 달라붙었다. 살짝 달라붙는 거라서 숨을 내쉴 때는 다시 떨어진다. 그런 느낌이 재미있어서 일부러 숨을 크게 들이쉬고 내쉬면서 걸었다.

　저녁이면 둘레길로 산책하는 사람들이 많은 길이다. 그런데 오늘은 개도 사람도 보이지 않고 조용했다. 아까 읽고 있던 추리소설의 뒷부분이 어떻게 될까 생각하면서 걷는데 오늘따라 유난히 조용하고 어두운 길을 걸으려니 기분이 좀 이상했다. 귀신 나올 것 같이 무서운 그런 건

아니고 너무 조용하니까 나도 조용조용 걸어야 할 것 같
은 기분이 든달까. 괜히 천천히 발소리 안 나게 걷게 되
었다.

빠각, 툭, 버석버석.

갑자기 요란한 소리가 들렸다.

부스럭. 차륵 차륵.

두리번거리며 소리가 나는 곳을 찾아보았다. 산 쪽에
서 소리가 나는 것 같았다. 등산로를 통해서 산에 올라가
거나 내려오는 사람도 많아서 산 쪽에서 소리가 나도 이
상하지 않다. 그런데 어째서인지 발걸음이 멈춰졌다.
앞에 보이는 산으로 올라가는 계단에서 누군가 내려오
고 있었다. 군인 아저씨들이 입는 옷처럼 얼룩무늬가 있
는 점퍼를 입고 후드를 뒤집어 쓴 사람이었다. 검은색 바
지를 입었고 검은색 신발을 신고 어깨에 큰 가방을 메고
있었다. 가방 모양이 불룩한 것이 뭔가 가득 들어있는 것

같았다. 얼굴은 보이지 않았지만 자꾸 두리번거리며 걷는 행동이 이상하고 수상해 보였다.

수상한 사람이 다른 골목으로 내려간 후 나는 계단 쪽을 살펴보았다. 다른 때와 별다른 거 없어 보이는 풍경이었다. 나뭇잎이 별로 없는 나무들이 어둠 속에서 팔을 뻗고 있었고 바닥에는 낙엽만 잔뜩 쌓여있었다.

눈에 보이는 계단은 가로등이 있어서 밝았지만 산 쪽은 어두워져서 잘 보이지 않았다. 가로등에서 떨어진 계단 옆 울타리 쪽도 나무와 풀에 가려서 잘 보이지 않았다. 그 사람이 누구인지 뭘 했는지 궁금했지만 어두운 산에 올라가서 확인해 볼 정도는 아니었다.

'그냥 뭐…. 산에 볼일이 있었겠지'라고 생각하면서 다시 골목으로 내려와서 걷기 시작했다. 산책길을 따라서 동네 한 바퀴 돈 다음에 집에 가기로 마음먹었다.

동네 한쪽으로 산 위에서 흘러내려오는 물길이 있는 작은 계곡이 있다. 그 계곡 너머에는 소나무 숲이 있고 그 숲도 산으로 연결이 되어있다. 계곡으로 들어가는 길을 지나는데 또 이상한 소리가 들렸다.

'ㅎㅎㅎㅎ!'

숲속에서 누군가 웃는 소리가 나더니 금방 다시 조용해졌다. 순간 오싹한 기분이 들었다.

'한밤중에 누가 숲에서 웃는 거지?'

이번에는 또 무슨 일인가 싶어서 살펴보았다. 저만치 보이는 숲과 연결된 길에서 동네로 연결된 길로 나오는 사람이 보였다. 좀 전에 계단을 내려왔던 사람이었다.

'아까 그 사람이잖아? 아무래도…. 너무 수상해!'

추리소설을 보면 이렇게 우연히 누군가와 마주치면 반드시 사건이 일어난다. 그런 생각을 하는데 그 사람이 동네 골목으로 다시 들어가는 게 보였다. 조금 거리를 두고 뒤를 따라 걸었다.

그 사람은 아까 봤던 산으로 올라가는 계단으로 다시 올라갔다. 계단 양쪽으로 펼쳐진 울타리 너머 어둠 속으로 들어가자 낙엽 밟는 소리와 마른 나뭇가지가 부러지는 소리가 계속 들렸다.

가로등 불빛이 닿는 곳이어서 어렴풋이 풀숲에서 앉았다가 일어났다가 몸을 숙였다가 다시 세웠다가 고개를 쭉 빼서 두리번거리는 행동을 볼 수 있었다.

'아까도 그렇고…. 어두운데 숲에서 뭘 하는 거지? 아무래도 수상해.'

어쩌면 나쁜 짓을 하고 있는 걸지도 모른다는 생각이 들었다. 가슴이 뛰고 무서워져서 이불 수거함 뒤에 쪼그리고 앉았다. 위험한 사람을 피해 길을 돌아서 집으로 도망갈까 생각했다. 그러면서도 한편으로는 어두운 골목 곳곳에 불이 켜져 있는 걸 보면 혹시라도 위험한 상황이 되어 도와달라고 소리를 지르면 누구든 와 줄 것 같아서 용기를 내도 될 것 같았다.

수거함 뒤에 앉아서 무서워서 앉은 게 아니라 신발 끈을 다시 묶으려고 앉은 것처럼 자세를 고쳐 앉았다, 표정을 감추며 관찰하기 위해 점퍼에 달린 후드를 머리에 썼다. 그렇게 마음을 진정시키고 용기를 내서 몸을 일으켰다. 그런데 순간, 갑자기 불빛이 훤하게 비쳐서 눈을 뜰 수가 없었다.

'으윽, 눈부셔!'

팔을 들어서 손으로 얼굴을 가리고 뒤로 물러섰다. 불빛의 정체는 골목으로 들어오는 택시였다. 일어나서 옆으로 비켜서면서 보니 예약이라는 초록색 글씨가 보였다. 택시가 서는 곳이 어디인지 보려고 가는 방향으로 몸을 틀었다. 택시는 산으로 올라가는 계단 앞에 멈췄다.

아까 본 수상한 사람이 담요를 씌운 커다란 상자를 들고 계단에서 내려왔다. 무거운 것이 들어있는지 움직임이 불편해 보였다. 택시 기사가 트렁크를 열고 상자를 실었다. 그 사람도 급하게 차에 탔다. 택시는 바로 출발해서 골목 끝으로 사라졌다.

별일이 아닐 수도 있지만 그냥 집으로 돌아갈 수 없었다. 무슨 일이 벌어지고 있는 것인지 알고 싶어서 그 사람이 내려온 계단을 올라갔다.

'대체 여기서 뭘 하고 있었던 걸까? 아까 그 상자는 또 뭐고….'

계단 위로 올라가서 주변을 살펴보았다. 어두워서 잘 보이지 않았지만 별게 없어 보였다. 누가 버렸는지 모를 플라스틱 그릇에 담긴 물과 과자 같은 게 전부였다.

'쓰레기?'

나무와 풀만 있어야 할 산에서 쓰레기를 발견하게 되니 화가 났다. 쓰레기는 함부로 버리는 게 아니라는 걸 모두 알 텐데 어째서 자꾸 쓰레기를 산에다 버리는지….

이 밤에 쓰레기를 다 치울 수는 없어도 눈에 보이는 쓰레기들이라도 치우고 싶었다. 어디 주변에 담아갈 게 없나 주변을 두리번거리던 그때 이상한 소리가 들렸다.

'그르릉… 그르릉….'

한 번도 들어본 적 없는 소리였다. 머리카락이 쭈뼛 서면서 등이 간질거렸다. 오줌도 마려웠다. 다리에 힘이 엄청 들어가는 기분이 들면서 동시에 힘이 하나도 없어 넘어질 것만 같았다. 뭔가 알아내고 싶은 기분이 싹 사라져 버렸다. 할 수 있는 일은 소리를 지르며 집으로 달려가는 것뿐이었다.

"으아아아아아악!"

2
하늘이와
순살 치킨

하늘이는 순살 치킨을 담은 즉석밥 그릇을 산과 마을을 나누는 울타리 너머에 내려놓았다. 그릇을 슬그머니 내려놓고 몸을 일으켜 주변을 둘러보았다. 아무 것도 보이지 않았다. 잠시 기다려 보았지만 사방이 조용했다. '미션 클리어!'

기분 좋은 발걸음으로 총총 계단을 내려와 집 쪽으로 가는데 멀리서 화내는 소리가 들렸다.

"제발 좀, 사람 음식은 사람이 먹으라고!"

방금 음식을 두고 온 하늘이는 왠지 뒤통수가 뜨끔했다. 그래서 가까운 집 대문에 숨어서 어떤 상황인지 엿보

왔다.

"사람 음식은 사람이 먹어야지. 버릴 거면 음식물 쓰레기로 버리던가. 여기가 음식물 쓰레기통이냐고! 에휴."

누군가가 좀 전에 하늘이가 내려온 계단에서 그릇에 담긴 치킨을 비닐봉지에 담으며 투덜거리고 있었다. 하늘이는 얼굴이 화끈거렸다.

'그거⋯. 쓰레기 아닌데.'

한 시간 전쯤 일이다.

하늘이와 동생 하니는 이모네 집에 갔다가 돌아오는 길에 노란 고양이를 보았다. 골목에 놓인 쓰레기봉투 옆에 있던 고양이는 하늘이와 하니를 보고는 놀라서 도망가 버렸다.

"언니, 저 야옹이 왜 도망가?"

고양이 캐릭터를 좋아하는 하니가 슬픈 표정을 지으며 물었다.

"글쎄. 우리 때문에 놀라서 도망가나 봐."

"왜? 우리는 아무것도 안 했는데 왜 놀라지?"

하늘이와 하니는 고양이가 있던 곳을 살펴보았다. 쓰

레기봉투의 찢긴 부분에 치킨 조각과 뼈가 삐져나와 있
었다.

"저거, 치킨 버린 거 먹으려고 그런 거 아닐까?"

"왜에?"

"배가 고파서 그랬겠지."

하늘이 설명에 하니 얼굴이 빨개졌다. 하니는 울기 전
에 꼭 얼굴이 빨개진다.

"야옹이 배고픈데 먹을 게 없어서 쓰레기 먹으려고 한
거야?"

하늘이는 하니가 울음을 터뜨리기 전에 손을 잡고 서
둘러 집으로 들어갔다.

집에는 하세와 하나가 기다리고 있었다. 하늘이네는
사 남매다. 첫째인 하늘이가 열한 살, 하니가 아홉 살, 하
세가 일곱 살, 하나가 다섯 살. 모두 사이좋게 두 살 터울
이다. 하늘이는 가방을 내려놓고 손을 씻은 다음에 냉장
고에서 동생들하고 같이 먹을 간식 봉투를 꺼내왔다.

"오늘 간식 뭐야?"

하세가 물었다.

"순살 치킨."

치킨이라는 말을 하자마자 하니가 쪼르르 달려왔다.

"언니, 고양이한테 우리 간식 나눠 주면 안 돼? 내가 먹을 치킨 야옹이 나눠주고 싶어."

하니가 아까 쓰레기봉투 뜯다가 도망간 노란 고양이가 생각난 모양이다. 하늘이는 순살 치킨을 고양이 먹이로 줘도 될지 확신이 서지 않았다.

"고양이가 이걸 먹을까?"

"음…. 쓰레기봉투에 버린 치킨도 먹고 싶어 했잖아. 이건 깨끗한 치킨이니까 더 잘 먹지 않을까?"

그럴 듯한 말이었다. 하늘이는 엄마가 재활용한다고 모아놓은 즉석밥 그릇 하나를 꺼내서 순살 치킨을 담았다.

하니에게 노란 고양이 이야기를 들은 하세와 하나도 자기들 몫에서 하나씩 덜었다. 금세 한 그릇이 가득 찼다.

"고양이한테 먹을 거 주고 금방 올 테니까 얌전히 집에 있어. 알았지?"

하니도 따라 나가고 싶어 했지만 동생들 보고 있으라고 하고 하늘이만 집을 나섰다.

대문 밖에 나가서 둘러보니 아까 봤던 노란 고양이가 산 쪽으로 뛰어가는 게 보였다. 산으로 올라가는 계단 옆에 산과 동네를 가로지르는 울타리가 있는데 그 뒤로 쏙 들어가는 중이었다. 고양이를 따라가는데 어느 순간 덤불 속으로 사라졌다. 계단을 올라가서 사라진 덤불 쪽을 보니 울타리 근처에 빈 그릇이 보였다.

'이 그릇은 혹시 사람들이 고양이 먹으라고 음식을 가져다주는 그릇인 걸까?'

하늘이는 기쁜 마음으로 동생들과 함께 모은 간식 그릇을 내려놓았다.

'우리 것도 맛있게 먹고 빈 그릇이 되면 좋겠다.'

그런 마음으로 가져다 놓은 순살 치킨이었다. 그런데 모르는 사람에게 쓰레기 취급당한 것이다. 하늘이는 너무 속상했다. 얼굴이 화끈거리고 가슴이 두근거렸다. 당장 달려가서 아니라고 해명하고 싶었지만 왠지 눈물이 날 것 같아서 창피했다. 그냥 등을 돌리고 눈물이 나오지 않게 얼굴을 찡그리며 집으로 달려갔다.

집으로 들어가니 동생들이 쪼르르 현관에 서서 하늘이

를 기다리고 있었다.

"언니, 잘 주고 왔어?"

"누나, 고양이가 맛있다 해?"

"고양이가 어떻게 맛있다고 해. 야옹~하지?"

막내 하나가 고양이 우는 흉내를 냈다. 그 모습이 너무 귀여웠다. 하늘이는 이런 동생들의 정성이 담긴 음식을 이상한 사람이 뭐라고 하면서 버렸다고 말할 수 없었다.

"으응… 노란 고양이를 만나서 따라가다가 고양이들이 밥 먹는 자리가 있어서 갖다놓기는 했는데… 먹는 건 못 보고 왔어."

"그랬구나."

"나중에 꼭 먹는 거 보면 좋겠다. 야옹~."

"언니 얼른 먹자."

"그러자 야옹~."

동생들은 하늘이 손을 잡아끌었다. 언니와 같이 먹으려고 간식을 먹지 않고 기다리고 있었던 것이다. 하늘이는 하니, 하세, 하나와 함께 남은 치킨을 사이좋게 나눠먹었다. 다음에도 고양이들하고 나눠 먹어야겠다는 생각을 했다.

3
가현이
이사 오던 날

가현이는 지름길이라고 생각한 곳에 발을 들였다가 나뭇가지와 거미줄이 엉켜들어서 당황스러웠다.

　'에이 씨…. 으휴!'

　입에서 절로 이상한 소리가 튀어나왔다. 손을 휘저으며 겨우 나무들 사이에서 벗어나니 차가 다니는 큰길이 보였다. 흙 밭을 벗어나서 보도블록 위에 서서 거미줄과 나뭇조각을 털어내면서 계속 입에서 투덜거리는 소리가 나왔다. 머리나 어깨에 묻은 건 혼자서도 털어낼 수 있겠지만 뒤통수나 등 뒤로 넘어간 거미줄엔 손이 닿기 힘들 것 같았다.

"도와줄까?"

소리가 나서 보니 눈앞에 재미있게 생긴 아이가 서서 작은 물티슈를 내밀었다. 가현이가 받지 않고 가만히 있자 봉지에서 물티슈 몇 장을 꺼내어 옷에 붙은 거미줄을 닦아주었다.

"어어, 고마워."

"이사 왔니?"

가현이는 오늘 이사 왔다. 처음 보는 친구가 어떻게 그걸 아는지 신기했다.

"응, 오늘 이사 왔는데 어떻게 알았어?"

"아, 동네에서 본 적 없는 완전 새 얼굴이라서."

그 친구는 동네 사람들 얼굴을 다 안다는 듯 당연한 표정으로 말했다. 본 적 없다는 말에 엄마가 사준 번쩍거리고 뭐가 많이 달린 옷이 너무 튀나 싶어서 창피했다.

"나 좀 튀지?! 아…. 엄마가 자꾸 이상한 옷만 사와서 미치겠어."

가현이 말에 그 친구가 몇 걸음 뒤로 가서 보며 고개를 갸웃거렸다.

"예쁜데, 왜?"

"난 너처럼 입고 싶어."

"뭐어? 그런 말 처음 듣는다. 완전 추리닝 패션이라고 애들이 놀리는데."

모자 달린 점퍼에 초록색 트레이닝 바지를 입은 편한 모습이 좋아보였다.

"진짜? 편하고 움직이기 쉬울 것 같고 좋아 보이는데."

"그래? 그런가."

어느 정도 거미줄이 정리되자 아직 서로 인사를 하지 않았다는 생각이 들었다. 가현이는 손을 내밀었다.

"도와줘서 고마워, 내 이름은 홍가현이야."

"내 이름은 김하늘!"

"하늘이…. 이름 예쁘다!"

"가현이 이름도 예뻐."

가현이와 하늘이는 이런저런 이야기를 나누며 걸었다. 걷다 보니 어느새 하늘이네 집이 있는 골목까지 오게 되었다.

"우리 집은 이쪽이야."

"나 이런 집들은 처음 봐."

가현이는 하늘이가 가리키는 골목을 쳐다본 후 주변을 둘러보며 말했다. 벽돌로 지은 주택이 줄지어 서 있었다. 일층인 집도 있고 이층인 집도 있는데 삼층 이상 되는 건물이 없었다.

"정말? 우리 동네는 이런 집 많은데."

"아, 쭉 아파트에서만 살아서 이런 집이 있는 동네는 거의 안 와 봤거든. 재미있다 너희 동네."

가현이는 하늘이에게 동네 구경을 더 시켜달라고 하고 싶었다. 하지만 하늘이가 먼저 말했다.

"미안, 오늘은 지금 빨리 들어가 봐야 해. 다음에 꼭 동네 구경 시켜 줄게."

"알았어. 또 보자."

가현이가 돌아서는데 하늘이가 불러 세웠다.

"가현아, 처음 온 동네인데 집 찾아갈 수 있어?"

"글쎄. 온 대로 다시 가면 되지 않을까?"

"그렇지? 알았어. 또 봐."

"응. 안녕!"

하늘이가 손을 흔들며 골목으로 뛰어 들어갔다. 덜컹거리며 무거운 쇠문이 열리고 닫히는 소리가 울렸다. 가현이는 소리가 크게 울린다고 생각하면서 한 발을 하늘이가 들어간 골목에 들여놓고 둘러보았다. 골목 안에는 비슷한 집이 붙어있어서 하늘이가 어느 집으로 들어갔는지 알 수 없었다.

처음 와 보는 낯선 동네이지만 친구가 사는 동네라고 생각하니 좋은 느낌이 들었다. 친구라는 단어를 생각하자 오늘 저녁에 친구들하고 한 약속이 생각났다.

'맞다. 약속시간!'

잊고 있었던 약속을 떠올리고는 집으로 가는 발길을 서둘렀다. 그런데 잠시 후, 어느 길로 가야하는지 헷갈리기 시작했다. 비슷비슷한 벽돌집들이 왼쪽에도 있고 오른쪽에도 있었다. 위쪽으로 올라가도 벽돌집들이 이어져 있었고 아래쪽으로 내려가도 비슷한 집들만 보였다.

'아파트 동과 호수는 기억나니까 아파트 단지만 찾으면 되는데… 어느 쪽으로 가야하는지 모르겠어.'

주변은 점점 어두워지고 배도 고파졌다. 지나가는 사람이라도 있으면 물어보겠지만 길에 아무도 보이지 않았다. 일단 앞에 보이는 골목으로 걸어가 보기로 했다.

스마트 폰이 있으면 지도 앱을 켜서 찾아가면 되는데

두고 나왔다. 이사하자마자 엄마랑 한바탕하고 화가 나서 그냥 막 뛰어나와 버린 것이었다. 스마트 폰도 안 챙기고 빈손으로 나온 것도 나와서 알았다.

한쪽에는 산이 있고 다른 한쪽에는 벽돌집들이 이어지는 길이 계속되었다. 벽돌집 창에는 불이 밝혀져 있었지만 골목에는 사람이 없었다.

골목 끝에 차가 다니는 길이 보였다. 넓은 운동장과 시계가 붙은 벽돌 건물도 보였다. 하늘이를 만나서 같이 걸어올 때 큰 길에 학교가 있었던 것이 기억났다. 그쪽으로 가면 큰길이 나오고 큰길 따라가면 아파트 단지가 나올 것 같았다. 하지만 학교 옆으로 보이는 길은 아까 본 그 큰길이 아니었다. 차가 다닐 정도의 넓은 골목일 뿐이었다.

주위는 점점 더 어두워졌다. 어느새 여기저기 가로등이 밝혀졌지만 어두움을 강조하는 느낌이 들어서 가현이는 불안해졌다.

"어떻게 하지. 어디로 가야할지를 모르겠어."

어떻게 하면 좋을지 몰라서 제자리에서 두리번거리며 한숨을 쉬는 것 밖에 할 수 있는 것이 없었다. 그때, 등 뒤

42

에서 목소리가 들렸다.

"왜 그래요? 뭘 잃어버렸어요?"

가현이는 사람 목소리가 너무 반가워 활짝 웃으며 돌아섰다. 큰 가방을 들고 숲을 등지고 서 있는 사람이 보였다. 가로등이 뒤에 있어서 얼굴은 잘 보이지 않았지만 군인 아저씨들이 입는 얼룩얼룩한 점퍼를 입고 있었다. 반가웠던 마음도 잠시, 가현이는 왠지 무서운 느낌이 들었다.

"길… 이요. 집으로 가는 길을… 잃어버렸어요."

"혹시 아파트로 가는 길을 찾나요?"

옷 때문에 남자인 줄 알았지만 목소리를 들으니 아줌마였다.

"아, 네! 2단지 299동이에요!"

"2단지? 그럼… 이쪽으로 가는 게 빨라요."

아줌마가 가리킨 곳은 숲길이었다. 가로등이 켜져 있어서 환하기는 했지만 산에 있는 길을 보니 무서웠다.

"저 길은… 산으로 올라가는 것처럼 보이는데요?"

"가로등 길을 따라 올라가면 낮은 오르막 꼭대기에 도착해요. 오른쪽은 산으로 올라가는 길이지만 내리막길로 가면 아파트로 연결 돼요."

"정말요?"

"네. 여기서 아파트 단지로 가려면 산 넘어가는 게 제
일 빨라요. 아마 오 분도 안 걸릴 거예요."

아줌마는 말을 마치자마자 좀 전에 가현이가 왔던 길
쪽으로 걸어갔다. 빠르게 걷는다 싶었는데 어느새 보이
지 않게 되었다. 혼자 남은 가현이는 처음 보는 모르는
사람 말을 믿어도 좋을지 고민이 되었다. 그 때 어디선가
소리가 들렸다.

"캬옹!"

"캬악!"

깜짝 놀라서 머리카락이 쭈뼛 서면서 몸이 부르르 떨
렸다. 발이 저절로 움직이면서 눈앞에 보이는 숲길로 달
리기 시작했다. 아줌마가 알려준 숲길로 정신없이 나무
계단을 밟으며 뛰어올라 보니 정말 거짓말처럼 아파트
단지가 보였다. 새로 이사 온 아파트 동이 가까이 있었다.
반가워서 절로 웃음이 났다.

가현이는 돌아서서 달려온 길을 보았다. 어두운 숲속
에 환하고 좁은 길이 보였다. 가로등 때문에 밝아서인지

아니면 집에 갈 수 있다는 생각 때문인지 지나온 길이 하나도 무섭지 않고 따뜻해 보였다.

집은 찾았는데 아파트 입구에 들어가는 게 문제다. 현관에 들어가려면 비밀번호를 누르거나 벨을 누르고 엄마에게 열어달라고 말해야 한다. 오늘 새로 이사한 집이라서 비밀번호는 아직 모르고 엄마와는 아직 이야기 할 기분이 아니다.

마침 오토바이가 서는 것이 보였다. 배달음식 마크가 선명한 오토바이였다. 가현이는 서둘러 달려가서 오토바이에서 내린 아저씨 뒤를 따라서 아파트 현관에 들어섰다.

엘리베이터에 탄 아저씨가 15층 버튼을 눌렀다.

"넌 몇 층 가니?"

"저도 15층 가요."

엘리베이터에 타서야 길을 가르쳐준 아줌마에게 인사를 못했다는 생각이 났다. 생각만 한 건데 소리 내어 말해 버렸다.

"감사합니다."

"뭘. 인사를 잘하는 착한 어린이네."

길을 알려준 사람에게 한 인사인데 아저씨가 인사를 받았다. 자연스러운 상황이지만 괜히 아저씨에게 미안했다. 15층에 엘리베이터가 섰다. 엘리베이터에서 내리면 양쪽으로 집이 두 개 뿐인데 이사 온 우리집 현관이 열려 있었다. 아마도 엄마가 음식을 주문한 모양이다. 벨을 누르지 않고 집에 들어갈 수 있게 되어서 다행이었다.

"다녀왔습니다."

"홍가현! 너 어디 갔다가 지금 와?"

문이 열린 틈으로 빠르게 들어가서 돌아보지도 않고 방으로 들어갔다. 엄마의 뾰족한 목소리가 뒤통수에 꽂히는 것 같았다. 그 뒤로 배달 아저씨의 시원한 목소리가 겹쳐서 들렸다.

"허허, 아드님이 참 인사도 잘하고 착하네요."

방에 들어와서 거울을 보니 익숙한 얼굴이 보였다. 가현이가 보기에는 평범한 여자아이 얼굴인데 이상하게도 어른들은 남자아이라고 착각하는 경우가 많다.

"아드님이라니. 역시… 엄마가 사 오는 옷이 문제일까."

가현이는 침대에 휙하고 누웠다. 아까 만났던 하늘이도 자신을 남자아이라고 생각했을지 궁금했다. 예쁘다는 말을 했으니 아닐 것 같았다.

'또 만날 수 있을까? 하늘이, 성격 좋아 보이던데. 하늘이도 모르는 사람들이 보면 남자애라고 말할지도 몰라. 키도 크지, 짧은 머리에 털털한 성격, 편한 옷을 입었으니. 그래도 참… 세심하고 다정했어.'

하늘이를 생각하니 기분이 좋아졌다. 친구가 되면 좋겠다고 생각하다가 다시 약속 시간이 떠올랐다.

'아차차! 늦으면 안되는데!'

가현이는 컴퓨터를 켜고 책상 앞에 앉았다. 다행히 컴퓨터는 인터넷에 연결되어 있어서 바로 사용할 수 있었다. 이사 때문에 늦은 시간에 만나기로 해서 다행이었다.

로그인! 전투가 시작된다.

4
우리동네
친구들

도서관에서 나오던 채원이는 도로 건너편에 서 있는 같은 반 친구 하늘이를 보았다. 낯선 아이랑 이야기를 나누고 있었는데, 하늘이가 입은 옷의 배 쪽이 불룩해 보였다.

"하늘이 또 캥거루 된 걸 보니 옷 안에 또 먹을 걸 품고 있는 게 틀림없어."

하늘이가 동생들에게 줄 음식이 식을까봐 옷 속에 안고 가는 걸 여러 번 본 적 있었다. 그래서 이번에도 하늘이가 따뜻한 음식을 가져가는 중이라는 추리를 한 것이다.

하늘이에게 인사를 할까 생각하던 채원이는 그냥 가기로 했다. 같은 반 친구이기는 해도 일부러 신호등을 기다렸다가 길을 건너서 인사할 정도로 친한 사이는 아니었다.

큰 길에 있는 도서관에서 골목이 많은 동네를 거쳐 집으로 가는 길은 여러 갈래가 있다. 동네 한가운데로 올라가는 길이 지름길이지만 채원이는 시간은 좀 더 걸려도 이것저것 생각하면서 걸어갈 수 있는 둘레길을 더 좋아한다.

채원이는 특히 해질 무렵 둘레길을 걷는 게 좋다. 산이 높아서 하늘이 넓게 보이는데 해질 무렵에는 다양한 하늘색을 볼 수 있기 때문이다. 파란색, 진한 하늘색, 흐린 하늘색, 노란색, 황금색, 오렌지 색, 핑크색, 빨간색 등등…. 이름을 붙일 수 있는 색일 때도 있지만 이름을 붙여서 표현할 수 없는 때가 더 많다. 하늘을 보다 보면 구름도 신기한 모양일 때가 참 많다. 무슨 모양이랑 닮았나 생각하며 가다 보면 동네를 몇 바퀴 돌다가 해가 지기도 한다.

이런저런 생각을 하다 보니 지난번에 이상한 사람을 봤던 곳까지 와버렸다.

'그때 본 게 대체 뭐였을까.'

요즘 추리소설을 많이 봐서일까. 별일이 아닐지도 모

르지만 반대로 엄청난 사건을 목격한 것일지도 모른다는 생각이 들었다. 수상한 사람을 다시 만날 수 있으면 좋겠다.

본다고 뭔가 알게 되는 건 아니겠지만 그래도 다시 보게 되면 이번에는 무슨 일인지 꼭 알아보고 싶다는 생각을 했는데…. 딱! 그 사람이 또 거기 있었다.

산과 동네를 나누는 울타리 너머에서 누군가 쭈그리고 앉아 있는 뒷모습이 보였다. 처음 봤던 때보다 이른 시간이었지만 지난번과 같은 옷이어서 쉽게 알아볼 수 있었다. 궁금해 하던 중에 보게 되어서인지 주변을 두리번거리는 수상한 모습이 왠지 반가웠다.

반갑기는 했지만 긴장이 되었다. 땀도 좀 나는 것 같았다. 하지만 이번에는 꼭 무슨 일을 하는지 알고 싶었다.

조심스럽게 그 사람 쪽으로 발을 옮기려는데 갑자기 덩치 큰 개가 짖는 소리가 들렸다.

"컹컹!"

채원이는 깜짝 놀랐다. 그 사람도 놀랐는지 몸을 일으켜서 서둘러서 계단을 내려왔다. 덜컹거리는 시끄러운 소리가 났다. 낑낑 소리를 내며 담요를 덮은 상자를 들고 골목에 내려오는 걸 보며 채원이는 재빨리 축대에 등을 붙이고 숨을 멈추었다.

'지난번처럼 상자를 옮기는 건가? 설마 이번에도 택시가 오는 걸까?'

채원이의 추리가 맞았다. 마치 미리 준비한 것처럼 오렌지 색 택시가 달려와서 바로 앞에 섰다. 이번에는 트렁크를 열지 않고 그 사람이 직접 뒷좌석에 상자를 안고 탔고 택시는 바로 출발했다.

채원이는 택시가 사라지는 것을 확인한 후 그 사람이 앉아있던 자리를 확인하려고 계단을 올라가 보았다. 울타리 뒤에는 아까 본 크기의 상자가 있었던 흔적 외에는 아무 것도 없었다.

"여기에 뭘 숨겼다가 가져가는 걸까?"

올라가 보면 뭔가 알 수 있을 거라 기대했던 채원이는 허탈한 기분으로 계단을 내려왔다.

컹! 컹!

골목에 다시 내려오자 개 짖는 소리가 아까보다 더 크게 들렸다. 고개를 돌려 보니 커다란 개가 달려오고 있었다. 채원이는 깜짝 놀라서 다시 축대에 등을 붙이고 숨을 멈추었다.

"얘기야! 거기 서! 멈추라니까!"

개를 따라서 여자아이가 뛰어오며 소리쳤다.

"미안해. 줄을 놓쳤어. 놀랐지?"

개를 따라서 뛰어온 여자아이가 개목에 감긴 줄을 잡아 손에 감으며 사과했다. 멀리서부터 뛰어왔는지 숨을 거칠게 쉬고 있었다.

"조… 금."

채원은 사실 많이 놀랐다. 늑대처럼 생긴 큰 개가 짖으며 달려오는데 놀라지 않을 사람은 거의 없을 것이다. 그래도 놀라지 않은 척하고 싶어서 투덜거리듯 중얼거렸다.

"늑대야, 개야?"

"고양이야."

개를 따라왔던 여자아이가 늑대처럼 생긴 개의 머리를 쓰다듬으며 말했다. 채원이는 자기 귀를 의심했다.

"뭐? 이렇게 큰 고양이가 있어? 아무리 봐도 개 같은데."

개를 데려온 여자아이는 의심스러운 표정을 지으며 뒤로 슬금슬금 물러서는 채원이의 얼굴을 빤히 보며 말했다.

"아니, 그 아줌마가 가져간 거 고양이라고."

"뭐?"

채원이는 무슨 이야기인지 몰라서 고개를 갸웃거렸다.

"아까 택시타고 간 아줌마 말이야. 너 그 아줌마 훔쳐 보고 있었잖아."

"어, 어떻게 알았어?"

"수상한 폼으로 축대에 달라붙어서 훔쳐보던데 어떻게 몰라?"

너무나 정확한 표현에 채원이는 갑자기 훅 더워졌다.

"나 그렇게 수상해 보였어?"

"응. 큭큭."

"사실 나도 그 아줌마 감시하고 있었어. 아까 보니까 저 위에 고양이가 잡혀있었거든. 내가 꺼내주려고 했는 데 그 아줌마가 오더니 손대지 말라고 하는 거 있지?!"

"그 담요를 덮은 상자에… 고양이가 있었다구?"

"응. 손대지 말라고 해서 내려오긴 했는데 그냥 갈 수 가 없어서 한 바퀴 더 돌고 다시 왔는데 그 아줌마를 보고 얘가 흥분해서 뛰는 바람에 줄을 놓친 거 있지?!"

채원이 혼잣말처럼 말했는데도 그 애는 비밀 이야기를

전하는 것처럼 다가와 속삭였다.

"전에도 상자를 가져가는 걸 봤는데 그것도 고양이였을까? 고양이를 왜 잡아가는 거지?"

"그건 나도 몰라. 내가 아는 건 고양이를 잡아가는 게 이번이 처음이 아니라는 거야."

"처음이 아닌 거 너도 알아? 전에도 본 적 있어?"

채원은 처음 보는 아이가 자신과 같은 경험을 했다는 게 신기해 물었다. 그 아이가 뭔가 말하려고 할 때 음악 소리가 크게 들렸다.

"잠깐만. 엄마 전화야."

그 아이가 주머니에서 전화기를 꺼냈다.

"응? 아냐. 내가 잘 잡고 있어. 안 도망 갔다고오~! 알았어. 지금. 응."

그 아이는 입을 내밀어 삐죽거리며 전화기를 껐다.

"애기 데리고 나오면 너무 걱정하셔. 물가에 내놓은 애기 같다나. 여기는 물가도 아니고 산인데 말이야."

채원이는 자기보다 어려 보이기는 했지만 애기라고 부르는 건 좀 심하다고 생각했다.

"집에서 애기라고 불러?"

"아니, 아니, 애기는 얘 이름이고 내 이름은 다영이."

"아! 그렇구나."

채원이도 이름을 말하려고 했는데 멀리서 "다영아, 애기야"하는 굵은 소리가 들렸다. 목소리가 들리자 애기라는 이름의 큰 개는 몸을 돌려서 신나게 뛰어갔다. 다영이는 줄을 꼭 잡고 애기를 따라 뛰어가며 손을 흔들었다.

"오늘은 가봐야겠다. 다음에 만나면 그 아줌마랑 고양이 얘기 더 해줄게."

다영이의 멀어지는 뒷모습은 아무리 봐도 개를 산책시키는 모습이 아니라 끌려 다니는 것 같은 모양새였다.

채원이는 그 수상한 사람을 수상하게 여기는 사람이 자기만이 아니라는 게 반가웠다.

'군인 아저씨들이 입는 옷을 입어서 남자인 줄 알았는데 수상한 사람의 정체는 아줌마, 그것도 고양이를 훔쳐 가는 아줌마란 말이지? 왜? 어째서? 어디에 쓰려고?'

채원이 머릿속으로 어릴 때부터 읽었던 책 중에서 고양이와 관련된 장면들이 빠르게 지나갔다. 어느 책에서인가 마녀는 고양이를 가까이하거나 고양이를 잡아먹거나 했던 것 같기도 했다.

'어쩌면 그 아줌마도 마녀 같은 걸까. 다음에 또 만나면 무슨 일인지 물어볼까. 물어보면 가르쳐줄까. 안 가르쳐줄 지도 모르지만 가르쳐줄 지도 모르니까 물어봐야 하는 걸까?'

채원이가 이런저런 생각에 빠져서 걷고 있는데 다리 쪽으로 차가운 바람이 스쳤다. 그리고 바로 여기저기서 바스락거리는 소리가 들렸다. 고양이 몇 마리가 채원이 뒤쪽에서 앞쪽으로 후다닥– 타다닥– 소리를 내며 달려갔다.

"깜짝이야, 고양이…네."

고양이를 무서워하는 채원이는 놀라서 얼음이 되어 움직이지 않고 가만히 서 있었다. 제일 뒤에서 따라가던 고양이가 멈춰서더니 채원이를 빤히 보았다. 노란색과 흰색 털 고양이였다. 고양이와 눈이 마주쳤다고 생각한 순간, 갑자기 고양이가 바닥에 드러누웠다.

'응? 왜 갑자기 눕지?'

고양이는 등이 땅에 닿게 누운 상태로 네 발을 허우적거리며 이리저리 뒹굴었다. 마치 거북이가 등딱지를 땅에 대고 뒤집어진 것 같았다. 웃기기도 했지만 왠지 무서웠다.

채원이는 몸을 돌려서 집을 향해 뛰기 시작했다.

5
다영이와 애기

다영이는 마당에 앉아서 애기의 발을 씻긴 후 마른 수건으로 몸을 닦고 빗질을 해주었다. 애기의 산책을 책임지고 있는 다영이가 매일 하는 일이다. 다영이는 빗질을 하면서 고양이를 훔쳐가는 아줌마를 생각했다.

그 아줌마가 전에 상자에 담아서 훔쳐 간 고양이는 아는 고양이였다. 애기를 산책시키며 몇 번인가 본 적 있는 검은 고양이. 애기와 처음 마주쳤을 때 꼬리를 자기 몸만큼이나 부풀리더니 이상한 소리를 낸 후 도망가 버렸었다.

두 번째 만났을 때는 눈을 감고 땅바닥에 가만히 누워 있어서 죽은 줄 알았었다. 조심조심 가까이 다가가는데 갑자기 눈을 떴다. 온통 시커메서 어디가 얼굴인지 몰랐는데 굉장히 눈이 컸다. 노란색으로 보이기도 하고 연두색으로 보이기도 하는 신기하고 예쁜 눈이었다.

그 후 오며 가며 여러 번 마주치게 되자 애기가 덜 무서워졌는지 애기 주변을 맴돌다가 가기도 했다. 언젠가는 애기 다리를 툭 치거나 몸을 비비기도 했다.

그러다 며칠 전, 애기랑 산책할 때 또 만났다. 산으로 올라가는 울타리 뒤에서 고양이 소리가 나서 가보니 그 고양이가 철망으로 만든 상자 안에 잡혀있었다. 동물을 잡으려고 쳐 둔 덫에 잡힌 것 같았다.

"우에에엥~."

고양이는 다영이와 애기를 알아보는지 철망에 매달리며 애처로운 소리를 냈다.

"내가 꺼내줄게. 기다려."

꺼내주고 싶었지만 여는 방법을 알 수 없었다. 어떻게든 열어보려고 이리저리 살피는데 애기가 컹컹 짖었다. 검은 고양이는 그 작은 틀 안에서 펄쩍 뛰며 몸을 구석으로 숨겼다.

"짖지 마! 고양이가 놀라잖⋯."

애기를 혼내려고 돌아보니 애기 옆에 그 아줌마가 무서운 표정을 짓고 서 있었다.

"이렇게 큰 개를 산책시킬 때는 입마개 해야 하는 거 아니에요?"

화가 난 목소리였다. 평소에 그런 질문을 받는 일이 많았던 다영이는 준비한 대답을 들려주었다.

"동물보호법으로 정한 맹견이 아니라서 입마개 안 해도 괜찮아요. 우리 애기는 덩치가 크지만 얌전하고 제가 줄도 꼭 쥐고 있어서 괜찮아요."

"그래요? 그건 내가 잘 몰랐네요."

아줌마는 다영이 말에 고개를 갸웃거리다가 끄덕이며 말했다. 처음의 무서운 표정은 사라졌지만 시선은 여전히 애기의 입을 보고 있었다. 다영이는 큰 개를 무서워하거나 개를 싫어하는 사람이 많다는 것을 잘 알고 있었다.

"개, 싫어하세요?"

"아뇨. 좋아해요."

의외의 대답이었다.

"우리 애기는 어릴 때 고양이랑 같이 커서 고양이 좋아해요. 반갑다고 그러는 거예요."

아줌마는 다영이 말에 고개를 갸웃거리다가 끄덕였다.

"…. 그렇군요. 그래도 고양이처럼 작은 동물이나 어린이들 물지 않게 신경 써 주세요."

"…네? 네…."

다영이는 살짝 놀랐다. 자신이 불편해서가 아니라 다른 사람이나 고양이를 신경 써서 한 말이었다니. 그런 사람은 처음 보았다.

"미안해요. 지난번에 산에서 진돗개가 고양이를 물고 가는 걸 본 후론 큰 개를 보면 신경이 쓰이네요."

"진돗개가 고양이를요?"

다영이는 자기가 들은 말을 믿을 수 없어서 다시 물어보았다. 아줌마는 찡그린 표정으로 한숨을 쉬었다. 슬퍼보였다.

"그런 일 다시는 안 생기면 좋겠지만 혹시 모르니까 줄은 꼭 잡고 다녀요."

"네. 조심할게요."

아줌마는 검은 고양이가 잡힌 상자에 담요를 덮어주고

산으로 올라가는 계단 쪽으로 갔다. 고양이 몇 마리가 아줌마 뒤를 따라가는 것이 보였다.

'피리 부는 사나이'라는 동화가 생각났다. 동화에서는 아저씨의 피리 소리를 듣고 쥐들이 따라갔는데 저 고양이들은 왜 아줌마를 따라가는 것일까? 혹시 자기들 친구를 풀어달라고 말하려는 것일까?

'어쩌면 고양이들에게만 들리는 피리가 있을지도 몰라. 고양이도 피리소리를 좋아할까? 고양이가 좋아하는 악기는 뭘까?'

그런 일들을 생각하며 애기의 털을 빗기는데 오빠가 퇴근하고 집에 왔다.

"오빠가 취직해서 우리 공주님이 애기 산책 담당하느라 고생이 많네."

오빠는 손으로 다영이의 머리를 한 번 쓰다듬고 애기 머리도 쓰다듬었다. 다영이는 고개를 돌려서 집안을 향해서 큰소리로 말했다.

"엄마, 오빠 왔어."

"들어와. 다영이도 그만하고 손 씻어라, 밥 먹게."

엄마가 밖에 들리게 크게 말씀하셨다.

애기 빗질을 마무리하고 손을 씻던 다영이는 그 아줌마의 이상했던 점이 생각났다.

'그 아줌마, 나한테 반말을 하지 않았어. 존댓말로 말했어.'

다영이는 반말하지 않는 어른과 처음 이야기한 것이다. 어쩐지 그래서 뭔가 굉장히 어색하고 낯설었던 것 같다. 어른 대접을 받은 것 같아서 새삼 기분이 좋아졌다.

'나 같은 어린애에게 존댓말 하는 사람은 좋은 사람일까, 아닐까?'

다영이는 젖은 손을 수건에 닦고 집안으로 들어갔다.

'이상한 사람이라는 건 확실해!'

6
탐정단 결성

"하늘아, 김하늘!"

이모네 집에 다녀오던 하늘이는 누군가 목청껏 자기 이름을 부르는 소리를 듣고 발을 멈췄다. 다다다 소리를 내며 가현이가 달려오고 있었다.

"어, 가현아!"

가현이는 하늘이가 자신의 이름을 기억해주는 것이 기분 좋아서 활짝 웃었다.

"내 이름 기억하네?"

"너도 내 이름 기억하잖아."

"그러네, 헤헤."

다시 만난 것이 반가워하며 인사를 나눈 하늘이와 가현이는 처음 만난 날처럼 이야기를 나누며 걷기 시작했다. 가현이가 웃으면서 지난번에 길 헤맸던 이야기를 꺼냈다.

"지난번에 너랑 헤어지고 길 좀 헤맸어."

"그랬어? 좀 걱정하긴 했는데 정말 헤맬 줄은 몰랐네."

하늘이가 미안한 표정으로 말하며 가현이를 보았다.

"아파트는 건물마다 번호가 있어서 찾기 쉬운데 너희 동네는 그런 게 없어서 헷갈리더라."

"아파트만 번호 있는 거 아닌데. 우리 동네 건물에도 번호가 있어."

"정말?"

"응. 저기 봐봐. 숫자 보이지?"

하늘이는 집집마다 붙어있는 표지판을 가리키며 말했다.

"잘 보면 골목에도 이름이 있고 건물마다 번호가 있어. 이쪽은 5길, 저쪽은 7길, 저 위는 9길이고…."

"정말 그러네. 신기하다."

"김하늘, 뭐 해?"

하늘이와 가현이가 집집마다 붙어있는 표지판을 보고

있는데 채원이가 달려왔다.

"정채원 안녕. 얼마 전에 이사 온 가현이한테 우리 동네 소개해주고 있었어."

가현이와 채원이가 인사를 나눈 후 하늘이가 채원이에게 물었다.

"채원이 너는 어디 가던 중이야?"

언제나처럼 트레이닝 바지에 점퍼를 입은 하늘이가 단단히 옷을 챙겨 입고 나온 채원이를 보며 물었다.

"어. 좀 신경 쓰이는 게 있어서 살펴보려고 가는 중이야."

"신경 쓰이는 거?"

채원이는 가현이와 하늘이에게 가까이 가서 조심스럽게 말했다.

"응. 얼마 전에 이상한 아줌마를 봤는데. 고양이를 납치하는 것 같았어."

"뭐?"

"고양이를 납치해?"

가현이와 하늘이가 동시에 물었다. 목소리가 크게 느껴진 채원이는 좀 더 다가가서 속삭이며 말했다.

"응. 그리고 다영이라는 애가 그러는데 고양이 잡아가

는 게 이번이 처음이 아니래!"

"다영이? 혹시…. 큰 개 산책시키는 이다영?"

"아는 애야?"

"응. 너도 알 텐데? 우리 옆 반 애잖아."

"우리랑 같은 나이야? 나보다 어린 줄 알았는데."

채원이가 놀랍다는 표정을 짓자 하늘이가 고개를 저었다.

"다영이 앞에서 그런 말 하지 마. 제일 싫어하는 말이래."

채원이가 다영이랑 같은 나이라는 게 놀랍다는 표정을 짓자 하늘이가 고개를 저었다. 옆에서 듣고 있던 가현이가 팔을 뻗으며 말했다.

"너희가 말하는 애가 저 애니?"

큰 개에게 끌려오듯 뛰어오는 여자아이가 보였다.

"맞아."

하늘이 앞에서 딱 멈춘 애기가 두 발로 서서 앞발을 하늘이 어깨에 얹었다. 하늘이는 무서워하지 않고 웃으며 애기를 쓰다듬었다.

"반갑다고? 그래, 나도 반가워, 애기야. 다영이도 안녕."

"나는 안녕 못하다. 애기가 너무 힘이 좋아서 잠깐이라도 딴 짓하면 질질 끌려 다니게 된다니까."

다영이가 헉헉거리며 숨을 내쉬며 말했다. 채원이는 애기가 좀 무서워서 뒤로 물러서 있다가 다영이에게 인사했다.

"안녕, 다영아. 오늘은 줄 안 놓쳤네."

채원이가 인사하자 다영이가 활짝 웃으며 말했다.

"너도 하늘이랑 친구야?"

"나 하늘이랑 같은 반이야."

다영이는 채원이가 자기 이름을 알고 있다는 게 기뻤다.

채원이 뒤에 서있던 가현이도 손을 흔들며 인사했다.

"안녕, 나는 홍가현이야."

다영이는 누구냐는 표정으로 하늘이를 쳐다봤다.

"아, 가현이는 얼마 전에 아파트로 이사 온 친구야."

"그렇구나. 안녕. 참, 얘는 우리 애기, 이름이 애기야."

"안녕. 애기야. 미안하지만 넌 좀 무섭게 생겼다."

"생긴 것만 무섭지. 하는 짓은 이름처럼 애기야."

가현이가 애기와 눈을 맞추며 서로를 관찰하는 것을 보며 다영이는 채원이와 하늘이 쪽으로 몸을 돌렸다.

"그런데 너희들 길에 서서 뭐하고 있었어?"

"채원이가 이상한 아줌마가 고양이를 납치한다는 말

하고 있었어."

다영이는 하늘이가 말하는 사람이 누군지 알 것 같았다.

"그 아줌마 나도 알아. 지난번에 채원이 만난 게 그 아줌마 때문이었거든."

애기에게 집중하던 가현이도 일어나서 대화에 동참했다. 고양이를 잡아가는 아줌마에 대해 모두의 관심이 집중되었다.

"고양이를 왜 잡아가?"

"그러게. 왜 잡아갈까? 쥐라도 잡으라고 하려고 잡아가는 걸까?"

키도 덩치도 제일 작은 다영이가 애기의 귀를 막으며 차분하게 말했다.

"우리 엄마한테 물어보니까… 먹는대."

"우엑. 고양이를 먹는다고?"

다영이의 말에 가현이와 채원이, 하늘이는 깜짝 놀랐다.

"응. 신경통 약으로 쓴대."

"약!?"

다영이가 목소리를 더 낮추며 말했다.

"응, 개도 잡아가서 먹는대."

"왜!?"

가현이와 채원이, 하늘이는 더 충격을 받는 표정이 되었다. 다영이는 차분하게 설명을 이어갔다.

"보신탕."

"보신탕…?"

"한자로 몸에 좋은 음식이라는 뜻이야. 옛날 사람들은 개고기를 몸에 좋다고 생각해서 먹었대."

다영이에게 설명을 들은 채원이는 몸을 부르르 떨었다.

"지나가다 간판에서 본 적 있는데… 그게 개를 먹는 식당이었던 거야?"

하늘이는 금방이라도 울 것 같은 표정으로 화를 냈다.

"먹다니, 친구를? 아니, 가족을 잡아먹는 거랑 똑같잖아!"

다른 친구들은 개나 고양이를 먹는 이야기로 놀라서 흥분하고 있을 때 다영이는 오히려 차분했다. 이미 이 문제 때문에 울고불고 화내고 속상했던 과정을 겪었기 때문이었다.

그런 와중에 그 수상한 아줌마가 골목에 나타났다. 애기가 나쁜 이야기를 듣지 않도록 차분하게 귀를 잡고 있던 다영이는 아이들 뒤편에 골목에 그 아줌마가 나타난 것을 볼 수 있었다.

"얘들아, 그 아줌마야!"

다영이의 말에 친구들은 일제히 고개를 돌렸다.

"나타났어!"

전에 채원이가 보았던 것과 같은 복장으로 큰 가방을 들고 천천히 주변을 둘러보며 이쪽으로 걸어오는 모습은 가현이도 하늘이도 아는 얼굴이었다. 아줌마는 뭔가를 찾는지 고개를 숙이고 주변을 둘러보며 친구들 옆을 지나갔다.

가현이가 채원이를 보며 말했다.

"저 아줌마가 정말 고양이를 잡아가?"

"응. 전에 보니까 담요 덮은 상자를 들고 택시 타고 가더라."

"난 그 상자에 고양이 들어있는 거 봤어. 고양이를 잡아가면서 나한테 개가 고양이 물지 않게 조심하라고 하는 거 있지."

다영이도 고개를 빼고 속삭이듯 말했다. 하늘이는 속상한 표정으로 찡그리며 말했다.

"난 전에 배고픈 고양이에게 동생들하고 먹을 간식을 갖다 줬는데 저 아줌마가 쓰레기라고 막 화내면서 버렸어."

친구들은 각자 그 아줌마랑 만났던 일을 이야기했다.

"난…."

가현이가 조심스럽게 말했다.

"하늘이 처음 만난 날, 집으로 가는 길 못 찾고 헤맸는데 저 아줌마가 아파트로 가는 지름길을 가르쳐줬어. 나쁜 사람은 아닌 것 같았는데…."

가현이가 다른 친구들과는 좀 다른 이야기를 하자 친구들은 머리를 갸웃거렸다.

"그랬어?"

다영이도 가현이 말에 고개를 끄덕였다.

"나쁜 사람은 아닌 것 같지만 좀 이상한 사람 같아. 나랑 이야기할 때 반말을 쓰지 않더라고."

"그게 이상한 거야?"

다영이 말에 가현이가 질문하자 하늘이가 대답했다.

"우리 동네는 할머니, 할아버지가 많이 사셔서 그런지 어른이 어린아이한테 존댓말 하는 경우를 본 적이 없어."

"대체 뭐 하는 사람일까?"

채원이는 저만치 멀어지고 있는 아줌마의 뒷모습을 보

며 말했다.

"일단, 저 아줌마가 뭐하는지 따라가 볼까?"

채원이의 말에 친구들은 대답 없이 조용히 아줌마의 뒤를 따라 걷기 시작했다. 처음에는 채원이가 제일 앞에서 걸었는데 다영이가 앞장서서 걷게 되었다. 애기가 서둘러 달려가는 걸 줄을 잡아서 진정시키며 걷다보니 모두들 애기 뒤를 따라 걷는 모양이 되었다.

아줌마는 집과 집 사이의 작은 골목, 큰 승합차 뒤에 서서 두리번거리다 다시 앞을 살피며 걷곤 했다. 친구들도 아줌마가 멈추면 조심스럽게 몸을 숨기고 서 있다가 다시 걸어가면 앞을 살피며 아줌마를 따라갔다.

어느 골목에 다다랐을 때, 채원이는 이상한 광경을 보게 되었다.

"고양이들이 저 아줌마를 따라다니네."

아줌마가 걸어가는 뒤로 고양이들이 모이기 시작했던 것이다. 처음에는 한 마리더니 금방 두 마리, 세 마리, 계속 늘어나고 있었다.

"고양이들이 여기저기서 막 뛰어와!"

가현이는 너무 신기해서 좀 더 가까이 가서 그 광경을 보았다. 다영이는 전에도 봤다며 말했다.

"지난번에도 그랬어. 꼭 동화 속에 나오는 피리 부는 사나이 같지 않아?"

"고양이를 잡아가는 사람이면 고양이들이 무서워하지 않을까? 고양이들이 좋아서 따라가는 것 같아 보이는데 정말 저 아줌마가 고양이 잡아가?"

늘어나는 고양이들을 보며 가현이가 고개를 갸웃거렸다.

"잡아가는 거 확실해."

다영이가 무서운 이야기를 할 때처럼 낮은 목소리로 말했다.

"그런데 저 아줌마가 잡아갔던 고양이 중에 다시 돌아온 고양이를 본 적 있는데 귀가 잘려있었어."

"에엑, 귀?!"

"한쪽 귀의 윗부분이 잘려있었어."

다영이 말에 친구들은 깜짝 놀라며 뒤로 한발 물러섰다.

마침 지나가는 고양이 한 마리가 있었다. 흰색 털에 검은 얼룩이 있는 고양이였다.

"저기! 저 고양이처럼!"

친구들 시선은 모두 고양이 귀로 향했다. 다영이 말대로 뾰족한 고양이 귀 한쪽이 잘려있었다. 고양이 얼굴을 보면 오른쪽, 뒤에서 보면 왼쪽 귀 윗부분이 잘려있었다.

"봐! 귀 끝이 잘려 있잖아!"

"정말이네!"

"고양이를 잡아가서 귀를 잘라서 다시 풀어준다?"

"그게 뭐야. 엄청 이상해."

"역사적인 사건 중에도 비슷한 일이 있었지."

다영이 말에 뭔가 생각난 표정으로 채원이가 말했다.

"맞아. 역사적인 사건 중에도 비슷한 일이 있었어. 임진왜란 때 일본군이 조선 사람들 귀를 잘라갔다는 이야기 알아? 혹시 그런 거 아닐까."

채원이 목소리도 좀 전에 다영이가 한 것처럼 낮고 무거웠다.

"으악, 끔찍해!"

하늘이와 가현이는 무서워서 몸을 떨었다. 채원이가

눈짓으로 골목 밖을 가리키며 말했다.

"그래서… 나는 저 아줌마를 더 추적해보고 싶어. 만약 정말 나쁜 사람이라면… 이대로 둘 수는 없으니까."

"…맞아."

친구들도 고개를 끄덕였다.

다영이가 조용히 웃으며 말했다.

"좀 이상하고 무섭긴 한데 우리 이러고 있으니까 무슨 탐정만화 주인공 된 거 같아."

탐정이라는 말에 채원이 눈이 빛났다.

"탐정?!"

"그러게. 무서운데 왠지 좀 재밌다."

하늘이가 말하자 채원이가 진지하게 말했다.

"우리 진짜로 탐정들처럼 사건을 조사해 볼래?"

"진짜로?"

자기가 처음 말을 꺼냈지만 친구들이 관심을 보이자 다영이는 신이 났다.

"우리끼리 탐정단을 만드는 거야!"

"오프라인에서 하는 게임 같은 거네. 나 해보고 싶어."

가현이가 동의했다.

채원이가 손등이 보이게 팔을 앞으로 내밀었다. 친구들은 약속이라도 한 듯 하나, 둘 착착 손을 얹었다. 손을 얹은 채 가현이가 말했다.

"탐정단 이름이 있어야 하지 않을까?!"

하늘이가 의견을 냈다.

"일단은…. 우리… 동네… 탐정단. 어때?"

채원이가 갸웃거리며 말했다.

"우리 동네 탐정단…. 좋긴 한데 너무 길지 않아?"

"그럼 줄여서 우동탐정단 어때?"

다영이의 말에 모두 신나서 소리를 쳤다.

"우동탐정단?"

"괜찮은데?!"

"좋은데?"

"나도 좋아!"

모두들 웃으며 손을 번쩍 치켜 올리며 소리쳤다.

"우동탐정단 결성!"

손을 내리자마자 채원이가 골목 밖을 살폈다.

"얘들아, 큰일이야! 아줌마가 사라졌어!!"

채원이 말에 모두들 다급하게 골목 밖으로 빠져나갔다.

"뭐? 안 돼! 우동탐정단 첫 사건의 중요 인물을 놓치다니!"

"어디로 갔을까?"

뭔가 떠올랐는지 채원이가 날카로운 눈빛으로 가현이를 보며 물었다.

"가현아, 지난번에 지름길 어디서 가르쳐줬다고 했지?"

"아, 저기… 학교랑 산이랑 만나는 곳!"

"나도 전에 거기서 아줌마를 본 적 있어!"

이제 막 결성된 탐정들이 서둘러 내리막길을 달렸다.

"있다!"

다행히도 가현이가 말한 장소에서 아줌마를 발견할 수 있었다. 우동탐정들은 학교 담 옆에 줄지어 선 자동차 옆으로 몸을 숨겼다.

아줌마는 숲으로 나오는 입구에서 잠시 멈춰 서더니 허둥지둥 뛰어나왔다. 아줌마가 보이지 않을 때까지 기다린 우동탐정들은 차 뒤에서 나와 우르르 숲 입구 쪽으로 뛰어갔다. 아줌마를 따라가는 것이 목적이었지만 왜 허둥지둥 뛰어나오는지가 더 궁금했다.

아줌마가 서 있던 자리로 먼저 뛰어가던 애기가 펄쩍 뛰며 산이 다 울리게 컹컹 짖었다.

"애기야, 왜 그래!?"

다영이가 애기를 잡은 끈을 더 짧게 손에 감으며 꼭 끌어안으며 진정시켰다. 하늘이가 애기를 쓰다듬어 주면서 뭘 보고 그러나 앞을 살폈다.

"고양이 때문에 놀랐나 봐. 고양이가 자고 있어."

어두운 수풀 속에 얼룩무늬 고양이가 누워있었다. 가로등 빛이 닿아서 누워있는 모습이 잘 보였다. 채원이는 고양이가 누워있는 모습을 보며 등에 찌르르한 감각이 흐르는 것을 느꼈다.

"이 고양이 자는 게 아니야."

한 발 더 앞으로 가서 몸을 좀 더 숙이고 안경 너머로 자세히 살펴보았다.

"죽은 거야."

"뭐? 죽었다고?!"

"으악!"

하늘이가 소리를 지르며 빠르게 물러섰다. 하늘이 뒤

에서 고양이를 보려던 가현이도 덩달아 놀라 뒷걸음질
쳤다.

7
수상한 사람과
마주치다

가현이와 채원이, 하늘이는 고양이 가까이에 쪼그리고 앉았다. 다영이는 애기가 흥분할까봐 조금 떨어진 곳에 서 있었다.

　"아줌마가 죽인 걸까?"

　하늘이가 조심스럽게 말을 꺼냈다. 채원이가 죽은 고양이에게서 눈을 떼지 못하며 말했다.

　"추리소설을 보면 늘 범인은 범죄현장으로 되돌아온대. 자기가 죽이고 확인하려고 되돌아온 거 아닐까?"

　다영이가 몸을 부르르 떨며 소리를 질렀다.

　"으…. 고양이들이 잘 따라다녀서 좋은 사람인 줄 알았는데 고양이를 납치해서 죽이는 사람이었어?"

"연쇄살인범은 작은 동물을 죽이는 걸로 범죄를 시작한다던데….'

채원이가 일어서며 말했다. 다영이는 그런 말을 하는 채원이가 무서웠다.

"넌 어떻게 그런 걸 아는 거야?"

채원이가 점퍼 주머니에서 책 한 권을 꺼내서 내보이며 말했다.

"추리소설."

아무도 책 제목에는 신경 쓰지 못했지만 채원이가 말한 추리소설일 거라고 짐작할 수 있었다. 가현이가 몸을 일으키며 말했다.

"내 생각에는… 그 아줌마도 고양이가 죽은 걸 보고 놀랐던 것 같아."

"…."

죽은 고양이 때문인지 점점 어둡고 추워지는 풍경 때문인지 순간 모든 것이 얼어붙은 듯한 분위기가 되었다. 시든 풀들 사이에 누워있는 작은 고양이의 모습이 너무 춥고 쓸쓸해 보였다. 하늘이가 다시 조심스럽게 말을 꺼냈다.

"우리가… 묻어줄까?"

가현이가 말했다.

"관도 필요하지 않을까…?"

"삽을 구해 와야겠다."

아이들은 저마다 의견을 냈다.

그때, 아이들의 등 뒤에서 목소리가 들렸다.

"지금 여기서 뭐 하는 거죠?"

무거운 목소리에 우동탐정들은 깜짝 놀랐다.

돌아보니 아줌마가 뭔가를 들고 우동탐정단들 뒤에 서 있었다. 가로등을 등지고 있어서 얼굴이 잘 보이지 않아 더 무섭고 더 커보였다.

"으악!!"

"꺄악!!"

가현이와 하늘이가 놀라서 소리를 질렀다. 침착할 것 같던 채원이도 움찔거리며 뒤로 물러났다. 하지만 다영이는 앞으로 한 발 나서서 아줌마를 똑바로 쳐다보며 따지듯 말했다.

"이 고양이, 아줌마가 죽였어요?"

다영이의 말에 아줌마는 살짝 놀란 것 같았지만 이내 침착하게 대답했다.

"아니요. 나도 조금 전에 발견했어요."

"정말요? 거짓말 하는 것 아니에요?"

"…거짓말 아니에요."

아줌마의 말에 다영이가 안심하며 한숨을 내쉬었다.

"다행이다."

그러자 하늘이가 화를 냈다.

"뭐가 다행이야. 아줌마가 죽이지 않았다는 것뿐이지 고양이가 죽었다는 건 변하지 않잖아."

아줌마는 다영이와 하늘이에게 뒤로 물러나라는 손짓을 했다.

"어린이들은 이런 거 보면 안 돼요. 무서운 걸 보면 자꾸 생각나고 마음의 상처로 남아서 나중에 아프게 될 수 있어요."

의외의 말에 아이들은 깜짝 놀랐다.

"그럼 아줌마는요. 아줌마도 아플 수 있잖아요."

다영이 말투도 좀 전보다 부드러워졌다.

"나도 아프죠."

"그런데 왜 우리만 물러나요?"

다영이 말에 아줌마가 잠깐 동작을 멈추었다가 다시 말을 했다.

"누군가는 이 아이를 보내주어야 하니까요. 내가 어른이니까… 내가 해야죠."

우동탐정단과 죽은 고양이 사이에 앉아서 말하는 아줌마 목소리가 아까보다 작고 부드럽게 들렸다.

우동탐정들은 저마다 어쩌면 아줌마가 나쁜 사람은 아닐지도 모른다는 생각을 했다. 아줌마에 대해 서운한 마음을 가지고 있던 하늘이 목소리도 작고 부드러워졌다.

"우리가 상자랑 삽 가져와서 산에 묻어주려고 했는데. 지금 가서 가져올까요?"

아줌마가 등을 돌린 채로 고개를 저으며 말했다.

"예쁜 마음이네요. 하지만 산에 고양이를 묻는 건 안 돼요."

"왜요? 사람이 죽으면 산에 있는 묘지에 무덤을 만들어 주잖아요."

"그건 정해진 장소에 묻는 거잖아요. 허락도 받지 않고 땅에 묻는 건 법으로 금지되어 있어요."

"…암매장이라서 안 되는 거구나."

채원이가 뭔가 어려운 말을 했다.

"맞아요. 잘 아네요. 자기 땅이 아니면 맘대로 묻으면 안 돼요."

"그렇구나…."

아줌마는 죽은 고양이 앞에 앉았다. 우동탐정들도 조금 더 다가갔다. 가현이가 조심스럽게 물었다.

"그럼, 이 고양이는 어떻게 해요?"

"다산콜에 전화했어요. 곧 이 아이를 데리러 올 거에요."

"다산콜이 뭐에요?"

채원이는 처음 듣는 이야기에 눈이 커지면서 적극적으로 질문했다.

"서울에서는 120번에 전화하면 다산콜 센터에 연결이 되요. 거기서는 구청에 연락을 해주고 거기서 담당자가 사체를 가져가요."

"가져가서 어떻게 해요? 동물 무덤에 묻어요?"

"동물 무덤도 따로 있어요?"

가현이도 처음 듣는 이야기에 귀가 커져서 아줌마 가

까이로 다가갔다. 다영이가 고개를 끄덕이며 말했다.

"우리 이모 강아지 죽었을 때 장례식도 하고 화장해서 납골당에 넣어줬는데… 그렇게 해주는 건가봐."

아줌마는 짧게 한숨을 쉬고 고개를 저었다.

"집에서 함께 지내는 반려동물은 가족이 있지만, 길고 양이들은 없잖아요. 장례식도 무덤도… 만들어 줄 사람이 없어요."

"아…."

아줌마는 슬픈 얼굴을 한 친구들의 얼굴을 한 사람, 한 사람 쳐다보면서 천천히 말했다.

"처음에는 나도 죽은 고양이를 발견하면 동물병원에 데려가서 화장을 해달라고 돈을 주고 부탁했어요. 조금이라도 편하게 보내주고 싶어서요. 하지만 매번 그럴 형편이 아니라서…."

이야기를 하는 중간 중간 말을 멈추는 아줌마의 목소리는 조금씩 떨렸다. 코를 훌쩍거리기도 했는데 날씨가 추워서 그런 것 같기도 했지만 우는 것 같기도 했다.

"구청에서 일하는 분께 이 방법을 들은 후에는 죽은 고양이를 발견하면 120에 전화하고 있어요."

"그 말은… 죽는 고양이가 많다는 뜻인가요?"

채원이 질문에 아줌마는 말없이 고개를 끄덕였다.

아줌마는 종이 상자를 열고 키친 타월을 상자에 깔고 죽은 고양이를 눕혔다. 아줌마는 죽은 고양이의 몸에 손을 얹고 말했다.

"차갑구나. 언제부터 여기에 누워있었니…."

마치 살아있는 고양이에게 대답을 들으려는 것 같은 말투였다. 들리지 않는 소리를 들으려는 것처럼 아줌마는 잠시 기다렸다가 고양이의 몸 위에 얇은 담요를 덮어주었다.

고양이가 누워있던 땅과 마른 풀에 어두운 얼룩이 가로등 불빛에 반짝였다. 피였다.

다들 울고 있는지 훌쩍거리는 소리가 났다. 애기조차 얌전히 앉아있었다. 가로등을 등진 아줌마 얼굴에서 눈물 콧물이 반짝였다.

"아프지 않은 곳으로 가서… 잘… 지내렴."

아줌마는 종이 상자를 닫은 뒤 가져온 파란 비닐봉지에 넣고 봉지를 묶었다. 상자가 담긴 봉지를 학교 담과 연결된 울타리 아래 내려놓고 몇 발 물러나더니 사진을 찍었다.

채원이는 궁금했다.

"사진은 왜 찍어요?"

"데리러 올 사람에게 정확한 위치를 알려주는 거예요."

"언제 데리러 와요?"

우동탐정들은 아줌마에게서 몇 발 떨어져서 졸졸 따라다니며 질문을 던졌다. 아줌마가 들고 있는 스마트 폰에서 벨 소리가 들렸다. 아줌마는 검지를 입에 대며 조용히 해달라는 신호를 보내고 통화했다.

"네. 지금 학교 담과 숲이 만나는 부분에 있는 울타리 아래 두었어요. 바로 사진 보내겠습니다."

아줌마는 통화를 마치고도 스마트폰 화면을 켜고 손가락을 부지런히 움직였다. 가현이가 물었다.

"데리러 온대요?"

"네. 이제 막 출발했대요. 위치랑 사진 보내주었으니 와서 상자를 가져갈 거예요."

아줌마는 상자를 한 번 쳐다보고는 천천히 몸을 돌려 무거운 걸음으로 느릿느릿 걸어갔다.

8
캣맘?!

골목 안에 있는 작은 가게 앞 아줌마들 몇 명이 모여 있었다. 모인 사람들끼리 조용히 이야기를 나누고 있었다. 또렷하게 들리지는 않았는데 몇 개의 단어는 잘 들렸다.

"교통사고….”

"…고양이….”

"죽었대….”

멀리 떨어진 우동탐정들에게 들린 말이 아줌마 귀에도 들린 모양이었다. '고양이'라는 말이 들린 후 아줌마가 몸을 돌려서 사람들이 모인 곳으로 발을 옮겼다. 파마머리 아줌마가 나서서 아줌마에게 말을 걸었다.

"이 앞길에서 고양이가 죽어서. 교통사고인 것 같더라고. 한참 길에 있는 걸 저기 사는 할아버지가 옮겨놓더라고."

"교통사고요?"

아줌마가 물었다.

"그랬나 봐. 막 뛰어다니더니 어느새 보니 죽어있더라고. 여기서 차에 치이기 딱 좋겠어. 조심해야지."

"…큰 애들은 잘 피하는데 어린애들은 몰라서 겁내다가 다치는 경우가 많아요. 이제 삼개월 된 아이인데…."

"어려서 그랬을 수도 있겠네. 그래도 누가 해코지 한 게 아니라 사고로 그렇게 된 거니까…."

"…네. 알려주셔서 감사합니다."

아줌마는 몇 번이나 고개를 꾸벅 숙여서 인사하고 다시 무겁게 걸음을 옮겼다.

아줌마가 보이지 않을 정도로 멀리 간 후 우동탐정들은 우르르 파마머리 아줌마에게 달려갔다.

"아줌마, 저 아줌마 아세요?"

"저 아줌마는 뭐 하는 사람이에요?"

우동탐정단은 아줌마가 사라진 쪽을 가리키며 물었다.

파마머리 아줌마는 그 아줌마가 사라진 쪽으로 턱으로 가리키며 말했다.

"누구? 고양이 아줌마?!"

"고양이 아줌마요?"

"캣맘이라고도 하더만."

"캣맘이요?"

우동탐정단은 파마머리 아줌마의 말을 그대로 따라 했다. 파마머리 아줌마는 해줄 말은 다 해주었다는 표정으로 사람들이 모여서 이야기 나누는 장소로 돌아갔다.

질문을 하고 대답을 들었지만 우동탐정단에게는 여전히 궁금증이 남아있었다.

"고양이 아줌마, 캣맘, 고양이를 돌본다는 뜻일 것 같은데 왜 고양이를 납치하고 귀를 자르는 걸까?"

"그러게. 왜 귀를 모으는 건지 정말 궁금해."

비탈길에 서서 고개를 갸웃거리고 있을 때 멀리서 다영이를 부르는 소리가 들렸다.

"벌써 시간이 이렇게 됐나. 나 집에 가야 해. 우리 다음에 또 만나자."

"그래. 깜깜해진 것도 몰랐네. 나중에 봐."

아이들은 다영이와 애기가 멀어질 때까지 손을 흔들어 주었다.

"오늘이 탐정단 만든 첫날인데… 사체까지 보게 되다니 정말 대박이다."

채원이 말에 하늘이가 고개를 갸웃거리며 질문했다.

"사체가 뭐야?"

채원이는 손을 뻗어서 등 뒤를 가리켰다.

"아까 그 죽은 고양이."

"그건 시체 아냐?"

가현이도 알쏭달쏭한 표정을 지으며 물었다.

"일반적으로 시체는 죽은 사람을 말하는 거고 사체는 죽은 동물을 뜻해. 사람은 시체, 동물은 사체."

채원이의 차분한 대답에 가현이가 감탄했다.

"채원이 넌 정말 별 걸 다 안다."

"너희도 추리소설 조금만 보면 다 알게 돼."

가현이가 발을 멈추고 손바닥을 딱 마주치며 말했다.

"앞으로 채원이가 추리소설에 나온 탐정에 대해 많이 알려줘. 나는 인터넷에 우리 우동탐정단 카페 만들어서 사건을 정리할게."

"좋은 생각인데?"

하늘이도 손뼉을 치며 좋아했다. 가현이는 채원이 표정을 살폈다.

"채원이 생각은 어때?"

"뭐 나도 찬성."

"좋아! 그럼 우리의 첫 사건은 바로…."

"'수상한 고양이 아줌마' 사건이야!"

가현이는 집으로 돌아와 인터넷에 카페를 만들었다. 메뉴도 하나씩 만들었다. 각자 의견을 쓸 수 있는 메뉴를 만들면서 자기가 쓸 메뉴 이름은 '명탐정 홍스 다이어리'라고 정했다.

그리고 오늘 탐정단을 결성한 이야기와 수상한 고양이 아줌마를 따라가서 본 죽은 고양이 이야기를 다 썼다. 친구들에게 카페 주소를 보내려던 가현은 머리를 손바닥으로 탁 소리가 나게 쳤다.

'아! 탐정단 친구들 연락처를 하나도 모르잖아.'

연락처도 모르고 늦은 밤이라서 친구들을 다시 만날

방법이 없었다.

　다음날 아침. 밤새 잠을 설친 가현이는 아침밥을 먹자마자 옷을 챙겨 입고 하늘이네 동네로 달려갔다. 하늘이와 헤어졌던 사거리 골목 한 쪽에 놀이터가 있었다. 그 놀이터에서 기다리다 보면 하늘이를 만날 수 있을지도 모른다고 생각했다.

　하지만 한참을 기다려도 하늘이는 나타나지 않았다. 이른 시간인데다 날씨도 추워서 놀이터에서 노는 아이들도 없어 가현이는 발만 동동 구르며 골목을 지켜보았다.

　"홍가현!"

　가현이는 자신을 부르는 소리에 주변을 둘러보았다. 채원이였다. 혼자서 떨고 있던 차에 아는 사람이 나타나니 반가웠다.

　"채원아!"

　"혼자서 뭐해? 여기서 하늘이랑 만나기로 했어?"

　채원이를 만난 반가움에 가현이는 그동안 추위에 떨었던 건 싹 잊고 스마트 폰을 내밀며 흔들었다.

　"아니. 어제 카페 만들고 알려주려고 생각했더니 너희

들 연락처를 하나도 모르는 거 있지."

채원이는 전화기를 내미는 가현이 손을 살짝 밀어냈다.

"미안. 난 폰 없어."

"아, 그렇구나…."

채원이 표정이 어두워졌다. 가현이는 당연하다는 듯 내밀었던 스마트 폰을 슬그머니 내려놓았다.

"폰 없어도… 인터넷으로 가입할 수 있어."

"우리 집은 언니가 게임광이라서 아무 때나 컴퓨터 사용하기가 힘들어. 언니 없을 때만 사용이 가능해."

"아…."

자기만의 컴퓨터나 스마트 폰을 당연하다는 듯 사용하던 가현은 생각지도 못한 채원의 이야기에 뭐라고 말을 해야 할지 몰라 당황스러웠다.

"형제가 많으면 좋을 줄 알았는데 불편한 점도 있구나."

채원이는 가현이가 한 말에서 가현이에게 형제가 없다는 것을 추리할 수 있었다.

"가현이 넌, 외동이야? 좋겠다."

"난 심심해. 언니나 동생 있으면 같이 놀 수 있어서 재미있을 텐데 없으니까 맨날 게임만 해."

채원이는 가현이 말에 피식 웃었다.

"언니, 동생 다 있는데 재미는 코딱지만큼도 없어. 차라리 처음부터 혼자인 네가 난 부럽다."

가현이는 형제가 있어도 외롭다는 채원이 말이 잘 이해되지 않았다. 하지만 한편으로는 엄마랑 늘 함께 있으면서도 함께 있는 것 같지 않은 것과 비슷할 것도 같았다.

"거기서 뭐 해?"

하늘이 목소리가 들렸다.

"김하늘!"

"하늘아!"

형제 이야기를 하다가 조금은 어색한 기분이 들었던 가현이와 채원이는 동시에 하늘이를 불렀다.

"뭐야, 너희들. 합창하는 거 같잖아. 연습이라도 한 거야?"

하늘이가 재미있어 하며 웃으니 가현이와 채원이도 따라서 웃었다.

"인터넷 카페 만들었어. 초대하려고 보니 너희들 전화번호를 몰라서."

"아, 그랬지."

하늘이는 바지 뒷주머니에서 스마트 폰을 꺼내서 손가락을 바쁘게 움직였다.

"채원이는 집이 가까우니까 내가 연락하면 될 거야. 다영이는 있으니까 톡 보내볼게."

채원이는 다른 친구들은 다 있는 스마트 폰이 없다는 게 갑자기 부끄러워졌다.

손가락을 바쁘게 움직이던 하늘이가 전화기 화면을 들여다보며 기분 좋게 웃었다. 채원이도 같이 스마트 폰 화면을 보았다.

"카페도 만들고 뭔가 그럴 듯한데? 그치, 채원아?"

"응."

친구들 반응을 보고 가현이 얼굴이 밝아졌다.

"명탐정 홍스 다이어리…? 이건 뭐야?"

"아, 그건 각자 맘대로 글 쓰는 곳을 만들어본 거야. 이왕이면 재미있는 별명 만들어서 쓰면 어떨까 해서."

"아~ 홍스가 가현이 너구나. 이건 어제 있었던 우리 이야기네."

"응. 각자 별명 만들면 다이어리 메뉴 만들게."

하늘이 스마트 폰을 보던 채원이가 가현이를 보고 눈

을 반짝이며 말했다. 가현이는 기분이 더 좋아졌다.

"참 참!!"

가현이가 손바닥을 빠르게 마주치더니 스마트 폰 화면을 부지런히 손가락으로 밀며 말했다.

"내가 캣맘을 인터넷에서 검색해봤는데."

가현이가 스마트 폰 화면을 보며 찾은 내용을 읽어주었다.

"캣맘. 주인 없는 길고양이에게 사료를 먹이거나 자발적으로 보호활동을 하는, 일반적으로 도심에 사는 야생 고양이에게 먹이를 주는 여성을 이르는 말이다. 남자의 경우 캣대디라 불린다. 다른 말로는 캣엔젤."

가현이 말에 채원이와 하늘이가 고개를 갸웃거렸다.

"그건 좋은 뜻인 거 같은데?"

채원이가 팔짱을 끼고 턱을 만지며 말했다.

"그럼 그 아줌마가 괴롭히는 사람이 아니라 고양이를 돌보는 사람이라는 건가?"

가현이는 채원이의 동작이 왠지 탐정이 추리하는 모습처럼 멋져 보여서 똑같이 팔짱을 끼고 턱을 만지며 말했다.

"어제 파마머리 아주머니가 한 말을 생각해보면 그런 거 같아."

하늘이는 그런 두 친구 모습이 귀여워서 웃음이 나왔다. 마치 동생들이 서로를 흉내 내며 노는 걸 보는 기분이었다.

"결정했다. 난 오늘도 그 아줌마를 추적해 보겠어."

채원이가 주먹을 불끈 쥐고 팔을 추켜올리며 말했다.

"좋아. 나도 같이 갈게!"

가현이도 채원이를 따라서 주먹을 불끈 쥐며 채원이 주먹에 자기 주먹을 툭 갖다 댔다.

하지만 하늘이는 주먹을 갖다 대는 대신 손을 펴고 흔들었다.

"미안. 나도 가고 싶은데 심부름 가던 길이었어. 빨리 다녀와서 연락할게."

정말 빨리 다녀오고 싶은지 하늘이가 엄청 빠른 속도로 아래쪽 길로 뛰어 내려갔다. 하늘이가 멀어지는 걸 보며 가현이가 스마트 폰 화면으로 시계를 보았다.

"음, 우리 저녁 때 여기서 다시 만나면 어떨까? 그 아줌마를 만난 시간이 대부분 저녁때였으니까."

채원이는 눈을 반짝이며 고개를 끄덕였다.

"응. 나도 같은 말을 하려고 했어."

"동네를 오래 돌아다녀야 할지도 모르니까 밥도 든든히 먹고 옷도 따뜻하게 입고 만나자."

"그래!"

가현이와 채원이는 손바닥을 펴서 소리가 나게 부딪혔다.

9
이상한
비닐하우스

가현이와 채원이는 오후 다섯 시에 놀이터 앞에서 다시 만났다.

채원이는 후드가 붙은 점퍼에 백팩을 메고 나왔다. 백팩에는 물과 핫팩, 손전등과 수첩이 들어있었다. 가현이도 후드가 붙은 점퍼를 입고 왔다, 다른 건 스마트 폰 외에는 아무것도 가져오지 않았다는 것뿐.

채원이는 가현이에게 여러 번 그 아줌마를 마주친 곳들을 알려주었다. 그리고는 얼마 전 다같이 마주쳤던 곳에도 가보았다. 그동안 우동탐정단들이 아줌마와 만났던 곳들을 확인하며 동네를 돌다보니 여기저기서 고양이들을 볼 수 있었다. 그런데 마주친 고양이들 대부분 한쪽 귀가 짧았다.

가현이가 손으로 입을 가리고 채원이에게 속삭였다.
"저 고양이들 귀 한쪽이 짧아. 그 아줌마가 자른 걸까?"
"그랬겠지. 그런데 왜 속삭여?"
"고양이들이 들을까 봐."
채원이는 가현이의 그런 행동이 귀여우면서도 웃었다.
"캣맘이 고양이를 돌보는 사람이라면 그 아줌마 주변에 고양이가 있던 게 이해되기는 하지만 고양이를 잡아가는 거랑 귀 자르는 건 이해가 안 가."
"나도."
"오늘 아줌마를 만나게 되면 어떻게 된 일인지 꼭 물어보자."
"그러자."
대답하는 가현이 등 뒤로 얼룩무늬 점퍼를 입은 사람이 보였다.
"아줌마야!"

채원이가 팔을 쭉 뻗어서 골목 끝을 가리켰다.

아까 한 바퀴 돌 때 봐두었던 산으로 올라가는 계단 쪽에서 고양이들에게 둘러싸인 아줌마를 발견할 수 있었다.

가현이와 채원이는 약속이라도 한 듯 동시에 그쪽으로 뛰어갔다. 뛰어가는 소리에 놀랐는지 고양이들이 사방으로 흩어졌고 아줌마도 놀라서 가현이와 채원이를 돌아보았다.

아줌마와 눈이 마주치자 가현이와 채원이는 동시에 딱 발을 멈추었다.

"…."

어색한 침묵이 흘렀다.

"안녕하세요!"

가현이가 침을 꿀꺽 삼키더니 허리를 앞으로 숙이며 인사했다.

"아, 어제 봤던 친구들이네요. 안녕하세요."

아줌마도 손을 들어 보이며 인사했다.

채원이도 옆에서 인사를 꾸벅하고는 미리 생각했던 질문을 던졌다.

"안녕하세요. 아줌마, 고양이에게 어떤 일을 하고 있는 건가요?"

"어떤 일? 어떤 일을 말하는 건지…?"

"아줌마가… 동네 고양이들 막 잡아가고!!!! 귀 자르는 거!!! 다 알거든요!!!!"

갑자기 채원이가 주먹을 꽉 쥐고 소리를 빽 질렀다. 채원이 자신도 그렇게 큰 소리일 줄은 몰라서 깜짝 놀랄 정도로 큰 소리였다.

가현이는 놀라서 채원이를 보았고 아줌마도 안경 너머로 눈을 크게 뜨고 채원이를 보았다.

"아, 그거요. 아줌마와 고양이의 관계가 궁금해서 만나면 여쭈어보려고 찾아다녔거든요."

가현이가 빠르게 설명을 덧붙였다.

"이렇게 큰 소리로 말하려던 건 아니었는데… 죄송해요."

얼굴이 빨개진 채원이가 고개를 푹 숙였다.

산으로 올라가는 계단 옆 전봇대에 등을 기대고 앉아 있던 아줌마가 일어나며 말했다.

"지금은 동네 고양이들 밥 주는 시간이니까 조금 있다가 이야기해 줄게요. 애들이 배고플 거 같아서…."

아줌마가 주변을 스윽 둘러보며 말했다. 아줌마 눈길

이 닿는 자리에 고양이들이 있었다. 어떤 놈은 발이 보이고 어떤 놈은 꼬리가 보이고 어떤 놈은 귀가 보였다.

아줌마가 가방을 정리하고 계단을 내려왔다. 손짓으로 같이 가자는 표현을 했고 가현이와 채원이는 아줌마를 따라 골목을 내려갔다.

내려가다가 채원이가 뒤를 돌아보니 좀 전에 아줌마가 앉아있던 곳으로 고양이가 여러 마리 올라가 있었다. 채원이가 말없이 가현이 어깨를 두드리자 가현이도 뒤를 돌아보았다.

"몇 마리나 될까?"

"지금은 여섯 마리만 보이는데, 많이 모일 때는 열 마리가 넘어요."

속삭이며 말한다고 작게 말했는데 들렸는지 앞서 걷고 있는 아줌마가 뒤를 돌아보지 않고 걸어가면서 말했다.

아줌마는 어젯밤에 죽은 고양이를 발견했던 쪽으로 걸어갔다. 그리고는 그 자리에 서서 잠시 고개를 숙이고 서 있었다. 잠시 후 아줌마는 다시 숲속으로 걸어 들어갔다.

가현이와 채원이는 따라가던 발걸음을 잠시 멈추었다.

"기분이 좀 이상해. 어제 일인데….."

"…그러게. 왠지 오래 전 일인 것 같은 기분이야."

순간 채원이 발등으로 무언가 빠르게 지나갔다.

"으악!"

"괜찮아요? 어디 다쳤어요?"

아줌마가 놀라서 물었다. 놀라서 대답 못하는 채원이 대신 가현이가 대답했다.

"아, 아뇨. 놀라서 소리 지른 거예요. 방금 작은 고양이가 채원이 발 위로 지나가서."

"미안해요. 애들이 배가 고팠나 봐요. 내가 언제 오나 보다가 내가 보이니까 밥집에 빨리 가려고 서두른 모양이네. 내가 대신 사과할게요."

말을 마친 아줌마는 좀 더 빠른 걸음으로 숲속으로 걸어 들어갔다. 오른쪽 앞에 비닐하우스가 보였다.

"숲속에서 누가 농사를 짓나?"

"그런가 봐."

그런데 아줌마가 몸을 숙이더니 비닐하우스 안으로 쑥 들어갔다.

"어, 아줌마가 들어가는데? 저기서 뭘 키우나 봐."

아마도 비닐하우스에서 키우는 건 고양이였던 모양이다. 여기저기서 고양이들이 비닐하우스 쪽으로 다가와 서성거리고 있었다.

"고양이를… 비닐하우스에서 키우나?"

잠시 후 아줌마가 비닐하우스에서 나왔다. 아줌마가 나오자 주변을 서성거리던 고양이들이 앞뒤를 다투며 비닐하우스로 뛰어 들어갔다.

"아줌마, 비닐하우스에서 고양이 키우시는 거예요?"

"키우는 건 아니고. 저 안에 고양이들 밥 먹는 자리가 있어요. 숲속은 추우니까 덜 춥게 먹으라고 비닐하우스로 식당을 만들어 줬어요."

"왜요?"

채원이가 고개를 갸웃거리며 다시 물었다.

"고양이들 밥 먹으라고."

"그러니까 왜 아줌마는 비닐하우스까지 만들어서 고양이들 밥을 주는 거예요?"

아줌마는 눈을 동그랗게 뜨고 채원이를 보고는 바로

웃으며 말했다.

"얘기 다 들으려면 추울 것 같은데 같이 가서 코코아라
도 마시면서 이야기하면 어때요?"

10
고양이 아줌마

가현이와 채원이는 아줌마를 따라서 낯선 집에 오게 되었다. 아줌마 집인 줄 알았더니 그건 아니라고 했다. 아픈 고양이를 보호하는 집이면서 사무실이기도 한 집이라고 했다. 연락을 받은 다영이와 하늘이도 와서 아줌마 이야기를 끝까지 들었다.

　"그런 줄도 모르고 저한테 길을 알려주신 친절한 아줌마가 무서운 범죄자면 어쩌나 마음 졸였지 뭐에요."

　가현이가 한숨을 내쉬었다.

　"범죄자 일지도 모르는 아줌마에게 당당하게 물어보는 용기, 정말 대단하고 멋져요."

아줌마가 채원이를 보며 눈을 찡긋하며 웃었다. 그리고 바로 진지한 표정이 되어 낮은 목소리로 말했다.

"하지만 진짜 나쁜 사람이면 어쩔 뻔 했어요? 호기심도 좋지만 위험한 모험은 조심하면 좋겠네요."

"저는 좀 실망이에요. 뭔가 무시무시한 비밀이 있고 추리를 해야 하는 사건인 줄 알았단 말이에요."

채원이가 한숨을 쉬자 가현이와 다영이가 크게 웃었다.

"채원이는 추리소설을 좋아하거든요. 우리는 아줌마 때문에 탐정단까지 만들고 첫 번째 사건이라고 흥분했다가 실망한 거니까 이해해 주세요."

하늘이가 웃으며 채원이의 실망에 대해 설명했다.

"탐정단 만들고 첫 사건인데 실망시켜서 미안해요."

아줌마는 웃으면서 사과했다.

"아니에요."

"참, 전에 고양이들 먹으라고 순살 치킨 가져다 줬는데 아줌마가 화내면서 버리신 적 있었어요."

하늘이가 두 손을 마주치며 예전 일을 말했다.

"그런 일이 있었어요?"

"네. 동생들하고 먹을 간식을 모아서 가져간 건데 쓰레기라고 화내면서 버리셔서 속상했었어요."

"미안해요. 간혹 사람들이 고양이들 밥먹는 자리에 먹을 걸 갖다놓는데 음식인지 쓰레기인지 알 수 없을 때가 많아요. 사람을 보는 게 아니라 음식만 보는 거라서 오해했나 봐요. 그런데…."

아줌마 설명에 표정이 밝아졌던 하늘이가 눈을 동그랗게 뜨고 아줌마를 쳐다보았다.

"사람 음식은 가능하면 안 주는 게 좋아요."

"왜요? 고양이들 고기 좋아하지 않아요?"

갸웃거리는 하늘이 말에 다영이가 손을 번쩍 들고 말했다.

"사람 음식은 염분과 식품첨가물이 많아서 몸집이 작은 동물에게는 해로울 수 있어서 그런 거죠?"

"맞아요. 역시 반려견이 있어서 잘 아는군요."

하늘이가 갸웃 갸웃거리다가 알겠다는 표정으로 말했다.

"그럼 어린이들에게 자극적인 음식을 주지 않는 것과 비슷한 건가요?"

"맞아요. 동생들이 있다더니 그래서 금방 이해했나 봐요."

"하늘이는 동생이 셋이나 있대요. 너무 부러워요."

가현이가 두 손을 꼭 모았다.

"형제 많은 거 부러울 거 없다니까. 가현이 네가 둘째
의 서러움을 겪어봐야 하는데. 형제가 생겨도 동생들일
테니 내 설움은 공유가 안 되겠네."

채원이가 고개를 저으며 한숨을 쉬었다.

아줌마는 웃으며 우동탐정단을 한 사람, 한 사람 쳐다보
았다.

"그러니까 가현이는 외동이고 아파트에 얼마 전에 이
사 왔고 다영이는 나이 차이 많이 나는 언니랑 오빠가 있
는 막내고 애기라는 시베리안 허스키를 키우고 채원이는
언니랑 동생이 있는 둘째, 하늘이는 동생이 셋이나 있는
큰 언니네요."

"맞아요!"

"다음에 또 위험한 일을 하는 사람을 보게 되면 꼭 어
른들에게 도움을 청해요. 정의로운 것도 중요하지만 여
러분이 위험할 수도 있어요. 모두들 여러분을 걱정할 가
족이 있으니 좀 더 조심하고 자신을 소중히 여기면 좋겠
어요."

아줌마의 말을 들으며 친구들은 서로 돌아가며 눈을 맞추었다.

"그럼 아줌마가 우리를 도와주는 어른이 되어주시면 어때요?"

다영이는 자기가 한 말이 맘에 들었는지 기분 좋은 표정을 지으며 친구들 표정을 살폈다. 친구들도 고개를 끄덕였다. 아줌마는 대답은 하지 않고 그냥 웃기만 했다.

아줌마가 처음 동네 고양이들과 인연을 맺은 것은 어느 여름날 새벽. 새벽에 일하던 아줌마는 아기 고양이들이 우는 소리가 크게 들려서 창밖을 내다보았다.

아줌마네 집 앞 길에 쪽 산과 마을을 경계하는 울타리가 있다. 그 울타리 옆에 엄마로 보이는 고양이와 아기로 보이는 고양이 몇 마리가 나란히 서서 울고 있었다. 아줌마는 고양이 울음소리에 자던 사람들이 깰까봐 신경 쓰였다.

아줌마는 고양이를 키우지 않는다. 그래서 고양이가 먹을 만한 것이 따로 없었다. 아줌마는 냉동실에 있던 북어채를 끓는 물에 담갔다가 꼭 짜서 잘게 잘랐다. 물에

불린 북어채와 함께 물을 그릇에 담아 밖으로 나가서 울타리 앞에 두고 들어왔다.

그러자 고양이 우는 소리가 멈추었다. 잠시 후에 가보니 북어채 그릇은 깨끗하게 비어 있었고 고양이들도 보이지 않았다.

다음날 같은 시간, 같은 자리에서 또 고양이들이 우는 것을 보게 되었다. 그런데 아줌마 귀에는 "어제 먹었던 거 또 주세요"로 들렸다. 아줌마는 난감했다. 고양이들이 울어서 사람들이 고양이들을 싫어할까 걱정해서 먹을 것을 준 건데, 그것 때문에 또 와서 울어대고 있는 것이다. 누구 하나라도 고양이 우는 소리에 잠을 못 잤다 할까 봐 서둘러 다시 북어채를 불려서 주었더니 또 허겁지겁 먹고 사라졌다.

고양이들이 내일 또 올 것 같다고 생각한 아줌마는 인터넷으로 고양이 사료를 주문했다. 아니나 다를까 다음날도 그 다음날도 고양이들이 찾아왔다. 준비해 둔 사료를 먹은 고양이들은 밥을 다 먹고는 바로 사라지는 날도 있었고 뒹굴거리며 놀다가 가는 날도 있었다.

이제 아줌마는 고양이들이 울기 전에 미리 사료를 준비하게 되었다. 매일 고양이들에게 밥을 챙겨주다 보니 고양이들이 어떻게 생겼는지 어떤 행동을 하는지 살펴보게 되었다.

엄마고양이로 보이는 색이 화려한 고양이가 검은 얼룩 고양이, 노란 고양이 둘, 회색 줄무늬 고양이를 데려와 밥을 먹였다. 가끔씩은 다른 큰 고양이가 왔다 갔다 하기도 했다. 그렇게 한동안 매일 새벽에 고양이 밥을 챙겨주었는데 갑자기 언젠가부터 고양이들이 찾아오지 않았다.

걱정이 된 아줌마는 동네를 기웃거리며 고양이들을 찾았지만 보이지 않았다. 아줌마는 찾던 고양이들 대신 다른 고양이들을 보게 되었다. 특히 쓰레기봉투를 뜯다가 사람들이 오면 놀라서 도망가는 고양이들이 눈에 들어왔다. 뜯어진 쓰레기봉투에는 주로 먹다 버린 닭 뼈나 생선 뼈 같은 것들이 드러나 있었다.

그리고 사람들이 고양이가 쓰레기봉투를 뜯어서 동네가 더러워진다고 욕을 하거나 길고양이가 말린 생선을 물고 갔다고 돌을 던지며 쫓는 모습도 보게 되었다.

먹을 것이 없어 쓰레기를 먹는 것도 서러운데 욕을 먹고 맞기까지 하는 고양이들의 모습이 마음 아팠던 아줌마는 인터넷에서 길에서 사는 고양이들에 대한 자료를 찾아보았다. 처음에는 쉽게 자료를 찾을 수 없었지만 아줌마는 포기하지 않고 매일 꾸준히 찾았다.

그러다가 고양이를 키우는 사람들이 모이는 인터넷 카페를 찾았다. 그곳에서 고양이들이 보이지 않아도 매일 사료와 물을 가져다 놓으면 먹고 간다거나 매일 비슷한 시간에 고양이들이 밥을 먹으러 온다는 등의 사실들을 알게 되었다.

아줌마는 그렇게 매일 고양이들에게 사료와 물을 주며 집 앞에 오던 고양이들을 찾아다녔다. 그러는 동안 먹을 것이 풍족해진 동네 고양이들이 더 이상 쓰레기봉투를 뜯지 않게 되었고 그 결과 골목이 깨끗해져서 고양이 때문에 화를 내는 사람도 줄어들었다. 아줌마는 모두가 행복한 상황에 기분이 좋았다.

그런데 문제가 있었다. 비 오는 날이 많아지자 사료가

젖어서 고양이들이 먹을 수 없게 된 것이다. 아줌마는 비에 젖지 않고 밥을 줄 수 있는 방법을 찾기 시작했다. 인터넷에 아줌마와 비슷한 고민을 하는 사람들이 있었고 그 사람들이 찾아낸 좋은 방법들을 알게 되었다.

비가 들이치지 않고 잘 흘러내릴 수 있는 비스듬한 지붕이 달린 상자에 밥을 주는 것이었다. 사람들은 그것을 '길고양이 급식소'라고 불렀다.

아줌마는 길고양이 급식소를 고양이들이 많이 모이는 곳에 가져다 놓았다. 나무로 만든 상자 안에 사료와 물을 넣어주면 고양이들이 언제든지 와서 먹을 수 있고 비가 와도 걱정이 없었다.

고양이들도 자신들을 위한 식당이 마음에 드는지 길고양이 급식소에 얼굴을 비비곤 했다. 여러 마리가 모여서 사이좋게 밥을 먹고 돌아가는 것을 보며 아줌마는 마음이 편해졌다.

그런데 모두가 다 좋아하는 것은 아니었고 그런 모습을 싫어하는 이웃사람들이 있었다. "아줌마가 고양이들 밥을 주니까 고양이가 많아졌잖아! 어떻게 할 거야? 당신이 책임져!"라는 말을 자주 들었다.

밥을 주기 시작한 지 얼마 되지 않았기 때문에 그 사이 실제로 고양이가 많아진 것은 아니었다. 단지 밥 먹을 시간에 고양이들이 몰려드니 많아 보이는 것뿐.

하지만 동네 사람들은 그 말을 듣지도 믿지도 않았다. 고양이에게 소리를 지르고 돌을 던지는 행동을 아줌마에게도 했다.

아줌마는 동네사람들이 불만을 가지고 불편해하면 고양이를 계속 돌볼 수 없다고 생각했다. 그렇다고 매일 밥을 기다리는 아이들을 굶길 수도 없었다. 먹을 것이 없으면 고양이들은 다시 쓰레기봉투를 뜯을 것이다.

동네가 다시 더러워지면 고양이를 두고 나쁜 말과 행동이 돌고 돌 게 뻔했다. 아줌마는 다시 또 방법을 찾기 시작했다.

그러다가 'TNR(티앤알)'이라는 것을 알게 되었다. TNR은 '잡아서(trap) 중성화(neuter)해서 돌려보낸다(return)'는 것을 줄여서 부르는 말이었다.

중성화 수술이라는 것은 더 이상 새끼를 낳지 못하게 하는 수술이다. 사람들이 고양이를 싫어하는 이유 중 하나는 한밤중에 아기 울음소리 같은 소리로 울기 때문인데, 그 소리는 짝짓기 하는 시기에 서로를 찾는 소리이다. 중성화 수술을 하면 더는 짝짓기를 하지 않게 되어서 우는 소리를 내지 않는다.

밥을 주면 길고양이들이 새끼를 많이 낳아서 숫자가 늘어난다고 비난하는 사람들의 불만도 'TNR(티앤알)'로 해결할 수 있는 것이다. 이러한 이유로 우리나라 뿐 아니라, 다른 나라에서도 길고양이에게 티앤알(TNR)을 하고 있었다.

새끼를 낳지 못하게 수술하는 것이 인간 중심적인 이기적인 방법이라 거부감을 가진 사람들도 있다. 하지만 지금으로서는 'TNR(티앤알)'이 그나마 길고양이와 사람이 평화롭게 공존하기 위한 해결방법이다.

아줌마는 좋은 방법을 알게 되어 기뻤다. 하지만 한편으로는 걱정이 되었다. 밥을 주면서 알게 된 고양이들이 여러 마리라 수술비가 부담스러웠다.

조금 더 자료를 찾다 보니 서울시와 각 구청에서 중성화 수술비를 지원하는 '길고양이 개체 수 조절 사업'이라는 게 있다는 것을 알게 되었다. 수술비에 대한 걱정을 덜게 된 아줌마는 적극적으로 길고양이들을 동물 병원에 데려가서 중성화 수술을 시킨 후에 풀어주기 시작했다. 지원 사업이 끝난 후에 잡히는 고양이들은 아줌마가 수술비를 내서 꼭 중성화 수술을 시켰다.

좋은 방법을 알게 되었지만 더 큰 고민이 남아있었다. 자유롭게 돌아다니는 길고양이를 병원에 데려가야 하기 때문이다. 아줌마는 고민하며 방법을 또 찾았다.

매일 비슷한 시간에 길고양이 밥을 주기로 한 것이다. 언제 급식소에 오면 먹을 게 있는지 동네 고양이들이 알고 익숙해지도록 한 다음 덫을 설치해서 잡기로 한 것이다.

고양이들이 배고플 시간에 급식소에는 먹을 것을 놓아두지 않고 덫 안에만 맛있는 간식을 넣어둔다. 그것을 먹으러 들어오는 고양이를 잡아서 병원에 데려간다. 그렇게 동네 고양이들을 차례차례 중성화 시키는 것이다.

다영이와 채원이가 목격하고 오해했던 길고양이 납치 장면은 아줌마가 고양이를 동물 병원으로 데려가는 모습이었다.

집고양이는 중성화 수술을 한 후 안전하게 회복할 장

소와 돌봐줄 사람이 있지만 보호자가 없는 길고양이는 수술 후 동물병원에서 이삼일 동안만 보호한 후 잡았던 자리에 다시 풀어준다.

고양이는 영역을 지키며 사는 동물이기 때문에 자기가 살던 익숙한 지역에 풀어주는 것이다. 수술로 몸도 마음도 약해졌는데 모르는 동네에 풀어주면 그 지역의 다른 고양이들과 싸우거나 돌봄을 받지 못하고 아프다가 심지어 죽을 수도 있다.

아줌마가 고양이 귀를 자른다는 말은 맞기도 하고 틀리기도 하다. 동물도 사람처럼 수술을 하기 위해서는 마취를 하게 되는데 몸집이 작은 동물들에게 마취는 위험하기도 하고 힘든 일이다. 만약 중성화 수술을 하고 표시를 하지 않으면 나중에 중성화 된 고양이인 줄 모르고 다시 잡을 수가 있다.

그래서 한번 수술한 고양이가 또 잡혀서 수술대에 오르지 않도록 중성화 여부를 알아볼 수 있게 두 귀 중에서 사람이 볼 때 오른쪽, 고양이 입장에서는 왼쪽 귀를 잘라서 표시한다. 그러니까 아줌마 때문에 한쪽 귀가 짧아졌지만 아줌마가 귀를 잘라서 모으는 건 아니었다.

아줌마가 밥을 주는 고양이들은 중성화 수술을 받고
돌아와서 건강하고 평화롭게 지냈다. 무섭게 울던 소리
도 사라지고 시끄럽게 싸우는 일도 줄어들었다. 길고양
이 급식소가 있으니 쓰레기봉투를 뜯으려고 어슬렁거리
며 돌아다니는 고양이가 눈에 띄지 않고 조용해지자 동
네 사람들이 "우리 동네 고양이들이 다 어디 갔느냐"고
아줌마에게 물을 정도였다.

동네 사람들은 그 힘든 일을 스스로 할 리가 없다고 생
각했다. 아줌마가 어디선가 돈을 받고 고양이를 돌본다
고 생각했다. 하지만 사료 값부터 시작해 길고양이들을
관찰하고 돌보고 다친 고양이를 병원에 데려가는 일 등
모두 아줌마가 돈을 내고 있었다.

그런데도 아줌마를 욕을 하고 미워하는 사람들이 있
다. 그 사람들은 아줌마가 안 해도 될 일을 한다고 말한
다. '자연이 알아서 할 일'인데 유난을 떤다고. 길고양이
돌보는 일이 정말 안 해도 될 일이고 자연이 알아서 할

일일까?

길고양이는 야생 동물이 아니다. 누군가가 버려서 길에서 살고 있는 유기 동물이다. 책임감 없이 막연히 고양이가 예뻐서 사거나 입양해서 키우다 버리는 사람이 생각보다 많다.

고양이도 개처럼 귀소본능이 있다. 하지만 집밖으로 나가면 쉽게 돌아오지 못하는 경우가 많다. 그래서 문이나 창을 잘못 단속해서 집을 나간 고양이가 거리를 헤매는 길고양이가 되기도 한다.

집에서 키우던 고양이가 짝짓기를 할 정도로 크면 중성화 수술을 해주어야 한다. 중성화 수술을 하지 않으면 고양이는 집안 곳곳에 냄새가 강한 오줌을 뿌리고 큰 소리로 울며 돌아다니며 스트레스를 표현한다. 어릴 때는 귀엽다고 키우다가 중성화 수술을 할 시기에 고양이가 표현하는 스트레스를 견디기 힘들어서 버리는 사람도 있고 돈이 아까워서 버리는 사람도 있다. 중성화가 안 된 고양이는 열린 문이나 창으로 가출할 가능성이 크다.

중성화가 되지 않은 고양이는 집을 나가서 짝짓기를 하고 식구를 만든다. 먹을 것도 없고 안전하지 못한 곳에서 고양이 가족의 숫자만 계속 늘어나게 된다면 건강하게 살 수 없다. 길에서 태어난 어린 고양이가 건강한 어른 고양이가 될 확률은 적다. 대부분 배고파 죽거나 병에 걸려 죽거나 교통사고로 죽는다.

이런 고양이들에게 조금이라도 위안이 되기 위해 사료와 물을 주는 일이 정말 나쁜 일일까? 정말로 '자연이 알아서' 고양이들이 죽어가도록 그대로 두어야 하는 걸까?

아줌마는 아니라고 생각했다. 버려지거나 집을 나온 후 돌아가지 못하고 거리를 헤매는 고양이들 문제는 사람이 돕지 않으면 해결되지 않는 일이라고 생각했다.

고양이를 키우는 사람만큼 버리는 사람도 많아지고, 길에서 생활하며 새끼를 낳고 그 새끼가 죽는 일을 반복하는 고양이도 많아지고 있다. 몰랐을 때는 모르니까 할 수 있는 일이 없었다. 하지만 알게 된 이상 모른 척 그냥 두고 볼 수 없었다.

처음에는 길고양이에 대한 정보를 찾기 힘들 정도로 돌보는 사람이 별로 없었다. 몇 년이 지난 지금은 아줌마와 같은 생각으로 각자 동네에서 길고양이들을 돌보는 사람들이 점점 늘어나고 있다.

소설가인 오스카 와일드는 "동물에게 잔인한 사람은 다른 사람을 대할 때도 마찬가지라고 했다. 사람의 마음은 동물을 대할 때의 태도로 알 수 있다"고 했다.

비폭력 저항운동을 했던 인도의 지도자, 마하트마 간디는 "한 나라의 위대함과 도덕적 진보는 그 나라에서 동물들이 받는 대우로 가늠할 수 있다"고 말했다.

아줌마는 동네 사람들 모두가 생명을 존중하는 마음이 부자인 사람이 되었으면 좋겠다는 생각을 했다.

11
첫 번째
사건 수첩

채원이의 사건수첩

　채원이는 집으로 돌아와 일기를 썼다. 다른 친구들은 스마트 폰이나 컴퓨터로 글을 쓰겠지만 그럴 환경이 안 되니 손으로 쓸 수밖에 없다. 그리고 손으로 쓰면서 이것저것 정리하는 게 더 성격에 맞는다.

　고양이 아줌마 사건은 싱겁게 끝났지만 그렇다고 허무한 것은 아니다. 그동안 수상했던 아줌마의 행동도 이유를 알아냈고, 동네 고양이들이 왜 귀가 잘려있는지도 알았다.

　생각보다 많은 고양이들이 우리 동네에 살고 있고 생각보다 많은 사람들이 고양이들에게 밥 주는 것에 반대

한다는 것도 알았다. 생각보다 많은 고양이가 태어나고 또 많이 죽는다는 것도 알았다.

고양이가 원래 우리나라가 고향이 아니라 머나먼 아프리카에서 왔다는 것도 알았다. 이집트의 고대 문명에는 고양이가 신으로 그려진 벽화도 있고 미라도 있다고 한다.

수상한 아줌마는 범인이 아니었지만 이렇게 알게 된 정보들이 나중에 다른 사건을 해결할 때 도움이 될 수도 있을 것이다.

그래도 수상한 일에 호기심을 갖는 건 좋지만 위험한 일에 함부로 뛰어드는 것은 조심하는 게 좋겠다. 어른의 도움이 필요할 때 아줌마에게 부탁하면 좋겠다. 대답은 안했지만 왠지 부탁하면 도와주실 것 같다.

하늘이의 사건수첩

하늘이는 집으로 돌아와서 동생들과 이야기를 나누었다.

"앞으로 고양이한테 우리 간식 나눠주면 안 돼."

"왜?"

"고양이가 싫대?"

"맛있는데…."

동생들은 눈이 동그래져서 하늘이 가까이 모였다.

"우리는 몸이 크잖아. 그리고 고양이는 몸이 작잖아. 사람이 짜다고 생각하는 정도의 소금은 고양이들에게는 엄청나게 짜대. 그래서 먹으면 아플 수 있대."

"그럼 고양이는 배고픈데 어떻게 해?"

"쓰레기 먹잖아. 그럼 아야하는데."

"불쌍해."

동생들 눈에 눈물이 그렁그렁한 걸 보면서 하늘이도 울컥한 기분이 되었다. 그러다가 좋은 생각이 들었다.

"있잖아 그럼 우리가 고양이 밥을 줄까?"

"고양이 밥이 따로 있어?"

"고양이한테 밥 챙겨주는 아줌마 있는데 내가 물어볼 게. 우리 집 앞에는 우리가 고양이 밥 주자."

"좋아!"

"짠 거 먹으면 안 되니까 물도 주자."

하늘이는 스마트 폰에 메모를 남겼다.

고양이 아줌마에게 고양이 밥 주는 법 물어볼 것.

탐정단을 만든 덕분에 지난번에 아줌마가 화를 낸 이 유를 알게 되어서 마음이 풀렸다. 하늘이가 간식을 챙긴 마음이 아줌마가 화를 내며 버린 마음과 같다는 것을 알 게 되었다. 동생들과 함께 노란 고양이 밥을 챙겨줄 생각 을 하니 기분이 좋아졌다.

가현이의 사건수첩

　가현이는 게임 친구들에게 오늘의 모험을 틈틈이 전했다. 게임 친구들은 온라인으로만 놀고 있어서 오프라인에서 모험한 이야기를 좋아했다.

　가현이는 엄마랑 아빠가 싸우는 게 너무 싫었다. 엄마랑 아빠가 다시 사이좋게 지내기를 바랐지만 결국엔 엄마와 아빠가 같이 살지 않게 되었다. 너무 속상하고 화가 나서 학교에 다니지 않겠다고 고집을 피웠다.

　엄마하고 매일 싸우다가 마침내 집에서 홈스쿨링을 하기로 결정했다. 그러다보니 나갈 일도 없고 집에서 게임하는 게 유일한 즐거움이었다.

그런데 새로 이사 온 동네에서 이사 온 첫날부터 즐거운 일들이 생겼다. 새 친구가 생겼다. 한 명도 아니고 셋씩이나. 친구들하고 탐정단도 만들어서 작은 모험도 하고 첫 번째 사건도 해결했다.

사건이 아니니 해결한 게 아니라고 할 수도 있지만 문제를 찾아서 추적했고 답을 찾았으니 해결 맞다.

앞으로 또 어떤 모험들이 기다리고 있을지 궁금하다.

내일도 일찍 일어나서 하늘이네 동네로 놀러가야지.

다영이의 사건수첩

　다영이는 애기 간식을 챙겨주려고 마당에 나왔다. 겨울밤은 차갑지만 하늘의 별이 더 예쁘게 빛나는 것 같았다.

　고양이들을 잡아가서 귀를 자르는 수상한 아줌마. 나쁜 게 맞는데 고양이들이 졸졸 따라다녀서 정말 수상했던 아줌마인데 고양이 밥을 챙겨주는 사람이었다. 고양이 밥 챙겨주는 사람을 캣맘이라고 한다. 고양이 엄마라는 뜻이니까 아이들에게는 따라다니는 게 당연하다.

　친구들은 첫 번째 사건이 해결되었다고 하는데 다영이

는 아직 궁금한 게 너무 많다. 고양이가 외국에서 온 동물이라면 분명히 처음에는 누군가가 우리나라로 데리고 왔을 것이다. 그럼 처음에는 반려동물이었던 고양이가 왜 길에서 살게 된 것일까.

길에서 살면서 사람들에게 구박받고 쓰레기를 먹으며 살게 된 이유가 궁금하다. 사람들이 왜 반려동물을 버리는지 궁금하다. 세상에 먹을 것이 그렇게 많은데 이렇게 사랑스러운 반려동물을 왜 먹으려고 하는지도 궁금하다.

다영이는 탐정단이 해결할 문제는 아니지만 하나씩 적어놓고 이유를 찾아야겠다고 생각했다.

다영이에게 기대서 졸던 애기가 갑자기 몸을 일으키더니 우우웅 하고 짖는다. 멀리 산속에서 개 짖는 소리가 들리기 때문이다.

그리고 가끔 산에서 동네로 개가 내려오기도 한다. 그것도 한 마리가 아니라 여러 마리. 어른들 말하는 걸 들으니 사람들이 버려서 들개가 된 유기견들이 산에 숨어 산다고 한다. 왜 그런 일이 생기는지도 알아봐야겠다.

세상에는 알 수 없는 일이 참 많다. 그래서 우리 탐정단이 앞으로 해결해야 할 사건도 많을 것 같다.

- 일단 끝

이 이야기에 나오는 나냥동은 실제로 존재하는 동네입니다. 삽화에 그린 것처럼 코끼리 머리 모양으로 생겼습니다. 삼면이 산으로 둘러싸여있고 길고양이들이 편하게 뒹굴거나 나무를 타고 노는 것을 볼 수 있습니다. 그 고양이들을 살펴보면 오른쪽 귀가 왼쪽 귀보다 짧습니다.

나냥동 고양이들의 한쪽 귀가 왜 짧을까요? 고양이 귀 한쪽이 짧다는 걸 눈여겨 본 사람이 있을까요? 호기심 많은 어린이라면 한번쯤 궁금해 하지 않을까요?
어릴 때 친구들과 탐정단을 만들어서 수상한 사람의

뒤를 쫓던 생각이 났습니다. 현재의 나냥동에도 꼬마 탐정이 있다면 어떻게 행동할까, 제가 그랬던 것처럼 친구들과 함께 수상한 사람을 쫓아갈까? 그런 생각을 하며 길고양이들을 보는데 누군가 제 뒤를 따라오는 것 같았습니다. 추리소설을 좋아하는 채원이, 동생들에게 다정한 하늘이, 외동이라 외로운 가현이, 자기 덩치만한 개를 산책시키는 다영이가 조심조심 제 뒤를 따라오고 있었습니다.

우리 동네 탐정단 이야기는 그렇게 태어났습니다. 그리고 저는 각각 다른 환경에서 자란 아이들이 만나서 친구가 되고 수상한 사람을 뒤쫓으며 사건의 진실을 찾아가는 이야기에 빠져들었습니다.

처음부터 나냥동 고양이들이 평화롭게 지냈던 것은 아닙니다. 쓰레기봉투를 뜯어서 냄새나고 벌레가 생기고 무서운 소리로 울면서 싸우고 사람들에게 혼나거나 돌팔매질을 당하는 동네였습니다. 밖에 나가지 않고 집에서 책을 읽거나 글을 쓰고 그림을 그리던 저는 그런 사정을 전혀 모르고 있었습니다. 그러다 우연히 알게 된 길고양이 가족의 삶을 관찰하게 되었습니다.

전에는 고양이라는 존재는 호기심 많고 자유로운 존재로 생각했습니다. 자존심 강해서 사람과 가까이 하지 않고 도도하고 즐겁게 자신이 원하는 대로 사는 존재. 하지만 길에서 살아가는 고양이들의 삶은 생각보다 힘겨웠습니다. 쓰레기를 뒤져야 겨우 먹을 수 있었고 고양이를 싫어하거나 무서워하는 사람들의 폭력을 피해서 몰래 다녔습니다. 새끼를 낳을 곳을 찾아서 사람이 사는 집으로 숨어들었다가 봉변을 당하기도 하고 사람에 의해 다치거나 죽기도 했습니다. 길고양이들이 어떤 삶을 사는지 알게 된 후에는 집에서 편하게 지낼 수 없었습니다. 매일 밖으로 나가서 길고양이들에게 사료와 물을 주고 어떤 동선으로 어떤 생활을 하는지 계속 관찰했습니다.

어느 날 새로 나타난 삼색고양이가 저를 어느 집으로 안내했습니다. 이삿짐을 옮기는 사람과 인사하며 삼색고양이가 그 집 고양이냐고 물었고, 이사 온 사람은 아니라고 대답했습니다. 자신은 고양이를 싫어하는 사람이라고 말했습니다. 고양이가 싫다고 말하면서 길고양이들 밥을 챙기는 사람, 겨울이면 추울까봐 집을 만들어주는 사람, 고양이가 싫다고 계속 주장하면서도 갈 데 없는 아기고양이들을 데려오라고 말하는 사람. '몽실북스' 대표님이었습니다.

그로부터 4년 동안 몽실북스 대표님과 함께 동네 고양이들을 돌봤습니다. 길고양이와 주민들이 건강하고 행복한 마을을 만들기 위해 연구하던 저는 '마을과고양이'라는 예비사회적기업 대표가 되었습니다. 함께 길고양이를 돌보는 이웃들이 점점 늘었고 몽실북스 대표님과 동화책을 만들게 되었습니다.

실제로 존재하는 고양이들과 실제로 존재할 것 같은 어린이들의 모험은 앞으로도 계속될 것 같습니다. '몽실북스'와 '마을과고양이'가 만나서 만드는 '몽실마고'에서 그 모험을 함께 해주세요.

우리동네 탐정단

1판 1쇄 인쇄　2020년 11월 24일
1판 1쇄 발행　2020년 12월　1일

지은이 · 쿠키문용
발행인 · 주연지
편집인 · 석창진
편　집 · 박영심
디자인 · 김서영
마케팅 · 허은정

펴낸곳 · 몽실북스
출판신고 · 2015년 5월 20일 (제2015 - 000025호)
주소 · 서울 관악구 난향7길52
전화 · 02-592-8969 / 팩스 · 02-6008-8970
전자우편 · mongsilbooks@naver.com
네이버 포스트 · post.naver.com/mongsilbooks_kr
인스타그램 · instagram.com/mongsilbooks

ISBN 979-11-89178-30-7 (43810)

몽실북스에서는 작가님들의 원고를 기다리고 있습니다. 자신만의 이야기를 책으로 만들고 싶다 하시면 언제든지 mongsilbooks@naver.com으로 연락처와 함께 기획안을 보내주세요. 몽실몽실하게 기대하며 기다리겠습니다.